루즈벡 제국

루즈마이론

엘라시아 마을

세이지탈 산맥

원글 강

로스 강

슈프림 왕국

유니온

어퍼 그랜져

원글로스 왕국

아이노 강

정선 지역

리퍼블릭

로어 그랜져

벨런시아 강

레오ㄴ

레술트

벨런시아 공화국

시아라인만

제이드 대륙

마리오 제국

로헨 왕국

포르안 강

메틀라인
왕국

바첼러 백작령

N

기갑영검

# 아스카론
## ASKARON

**신가 판타지 장편 소설**
FANTASY FRONTIER SPIRIT

# 기갑영검 아스카론 6

신가 판타지 장편 소설

초판 1쇄 찍은 날 § 2009년 12월 4일
초판 1쇄 펴낸 날 § 2009년 12월 14일

지은이 § 신가
펴낸이 § 서경석

편집장 § 문혜영
편집책임 § 서지현
편집 § 주소영

펴낸곳 § 도서출판 청어람
등록번호 § 제1081-1-89호
등록일자 § 1999. 5. 31
어람번호 § 제1-1099호

주소 § 경기도 부천시 원미구 심곡2동 163-2 서경B/D 3F (우) 420-822
전화 § 032-656-4452 팩스 § 032-656-4453
http://www.chungeoram.com
E-mail § eoram99@chollian.net

© 신가, 2009

ISBN 978-89-251-2011-9 04810
ISBN 978-89-251-1721-8 (세트)

기간영검
아스카론
ASKARON

신가 판타지 장편 소설
FANTASY FRONTIER SPIRIT

6
[과국을 향해 가는 전쟁]

# CONTENTS

## CHAPTER 1
유니온

이슈인은 완전히 새로운 감각을 맛보았다. 늘 이용하던 포털 마법진이다. 하지만 이번에는 그 느낌이 달랐다.

마법이 발동되고, 잠깐 눈앞이 깜깜해졌다가 정신을 차리면 어느새 이동이 완료되어 있는 상황. 그것이 지금까지 포털을 이용한 이동이었다. 하지만 이번에는 그렇지 않았다.

마법진이 빛을 발하며 이슈인을 집어삼키자, 그의 눈앞에 새로운 세상이 펼쳐졌다. 갈라지는 공간과 그 공간의 틈으로의 진입, 그리고 공간과 공간 사이의 결을 따르는 이동.

그것은 그야말로 또 다른 세상이었다.

항상 이용하던 포털이었는데 오늘만 이렇게 다른 감각을

맛보게 되는 이유가 무엇일까? 당장 바첼러 영지에 다녀왔을 때도 느끼지 못했던 감각이었다.

'마이스터라는 것인가?'

이슈인의 추측이었지만 사실과 달랐다. 이런 현상이 일어난 이유는 인피니트 소드의 경지가 깊어짐에 따라 인피니트 블레이드의 한 편린을 경험한 덕분이었다.

공간의 결이 주는 느낌은 새로웠다. 순식간에 이동을 한다고 생각했던 포털이었지만, 이슈인은 제법 오랜 시간이 걸린 듯 느꼈다.

마법의 힘으로 시간과 공간의 축을 비틀어 버리는 포털 마법. 보통의 인간은 느끼지 못한 그 비틀어진 축을 이슈인은 온몸으로 경험하고 있었다. 그것은 이슈인에게 또 다른 경험이었다.

그렇게 얼마나 공간의 결을 따라 몸이 이동을 했을까?

이슈인은 자신을 감싼 공간이 다시 한 번 뒤틀린다는 것을 느꼈다.

"이제 도착인가?"

이슈인은 담담히 중얼거렸다. 그 순간 사방이 밝아지기 시작했다. 공간의 결에서 다시 공간으로 빠져나온 것이다.

그야말로 잠깐의 시간에 윈글로스 왕국의 수도 유니온으로 이동을 한 것이다. 이슈인이 실제로 겪은 시간도 아주 짧은 찰나의 순간이었다. 단지, 확장된 이슈인의 감각이 그 모든 것을 느꼈을 뿐이었다.

마법진에 올라선 이슈인은 주변을 둘러보았다. 어둠에 적응되었던 눈이 갑작스레 쏟아진 빛에 아직 주변을 제대로 파악하지 못하고 있었다. 이슈인의 감각은 주변에 많은 사람이 있다는 것을 분명히 느끼고 있었다.

원글로스 왕국의 지하.

국왕 전용의 포털 마법진을 수많은 사람이 지켜보고 있었다. 그곳에 가이나트 원 글로스 국왕은 물론이고 이슈인보다 한발 먼저 왕국에 도착한 로코코 후작을 비롯해 수많은 귀족들이 있었다.

그들은 자신들을 도와줄 원군을 기다리고 있었다. 로코코 후작에게서 단 한 기의 기간테스를 보낸다고 했을 때는 실망했으나 그 한 기가 레퀴엠이라는 이야기를 듣고는 기대를 했다. 그들 역시 레퀴엠의 활약에 관한 소문을 들었기 때문이다.

이윽고 포털 마법진이 빛을 뿌리기 시작했을 때 그들 모두 긴장했다. 환한 빛과 함께 마법진이 뱉어낸 한 젊은이.

그의 모습은 그들의 기대에는 미치지 못했다. 메틀라인의 젊은 전쟁 영웅이라고 보기에는 포털 이동에 눈도 제대로 뜨지 못하는 모습은 실망스러웠으니 말이다.

이슈인은 주변의 소란스러움 속에서 천천히 빛에 적응했다. 보통은 순식간에 이동을 하기에 이렇게 시력의 적응 시간은 필요없었다. 하지만 이슈인은 공간의 간극을 보았기에 새로이 빛에 적응을 해야 했다.

그런 모습이 원글로스의 귀족들에게 못 미더워 보였다.

"어서 오시오, 이슈인 써드 룩."

로코코 후작이 이슈인을 향해 다가가며 환영의 말을 전했다. 어쨌든 그의 요청으로 파견된 강력한 원군이 아니던가.

"처음 뵙겠습니다. 이슈인 바첼러 써드 룩입니다."

이슈인은 로코코 후작에게 정중히 인사를 건넸다. 그 모습에 로코코 후작은 웃음을 지으며 이슈인을 국왕 앞으로 데려갔다.

"인사드리시오. 우리 원글로스 왕국의 국왕이신 가이나트 원 글로스 전하이시오."

"국왕 전하를 뵙습니다."

로코코 후작의 소개에 이슈인은 한쪽 무릎을 꿇으면서 예를 표했다.

"우리 원글로스 왕국에 온 것을 환영하네. 부디 우리 왕국을 위해 검을 잘 휘둘러 주기를 부탁하네."

웃음 띤 얼굴로 인사를 건넨 가이나트 국왕은 곧 몸을 돌려 그곳을 벗어났다. 이슈인이 보여준 모습에 실망했기 때문이다. 자신들은 영토를 대가로 지불하면서까지 지원을 얻었다. 그런데 고작 저런 인물을 보내다니 불쾌하기까지 했다.

노련한 국왕이기에 그는 이슈인 앞에서 불쾌한 기색을 보이지는 않았다.

'형편없는 작자라면 메틀라인은 그 책임을 져야 할 것이리라.'

가이나트 국왕은 그렇게 마음을 추스르며 자신의 방으로 걸음을 옮겼다.

이슈인은 이미 자신에게 호의적이지 않은 주변 분위기를 느끼고 있었다.

한눈에 보였다. 그들의 몸 주변에 흐르고 있는 마나가 말이다. 언젠가부터 이슈인은 사람의 몸 주변에 흐르는 마나의 움직임으로 그 사람의 감정을 어느 정도까지 추측할 수 있게 되었다.

그것 역시 인피니트 소드 덕분이었다.

'쩝. 기껏 지원하러 와서 이런 대접이라니 기분이 썩 좋지는 않군.'

공간 이동에서 자신이 보여준 모습 때문에 사람들이 이런 반응을 보인다는 것을 알 리 없는 이슈인이었기에 그들의 행동에 심사가 꼬인 것은 당연한 일이었다. 외교를 담당하며 잔뼈가 굵은 로코코 후작은 대번에 그런 이슈인의 감정을 알아차렸다. 노회한 귀족의 눈치는 그것만으로도 매우 훌륭한 능력이었다.

그는 서둘러 자리를 수습했다.

"자, 일단 자네가 머물 곳을 안내해 주지. 아직은 여유가 있으니 말이네. 앞으로는 눈코 뜰 새 없이 바쁘더라도 말이지. 하하."

애써 분위기를 풀려고 하면서 로코코 후작은 이슈인을 데리고 그 자리를 벗어났다. 그런 이슈인의 등 뒤로 원글로스 귀족들의 불신의 눈빛이 자리했다.

로코코 후작과 이슈인을 따라 한 젊은이가 걸음을 옮겼다. 이슈인은 누군가가 뒤따라오는 기색에 힐끗 뒤를 돌아보았다.

"자네가 이곳에 머무는 동안 자네의 종자 역할을 할 아이네."

로코코 후작의 말에 이슈인의 두 눈이 살짝 커졌다.

기사를 따르는 종자.

이슈인은 라이더였다. 비록 기사의 대우를 받는다 하나 전장의 기사들과는 그 역할이 달랐기에 종자는 없었다. 그것이 메틀라인이었다.

하지만 원글로스는 달랐다.

배틀러이든 라이더이든 일단 기사의 직위라면 무조건 종자가 붙었다. 이슈인은 그런 사실을 들어서 알았기에 고개를 끄덕였다. 같은 대륙이라 할지라도 나라가 다른 이상 다른 풍습도 있을 것이기에 어색하더라도 받아들이기로 했다.

이것은 이들 나름의 자신에 대한 배려일 것이다.

"처음 뵙겠습니다. 일루젼의 예비 라이더인 호크 오피서입니다."

호크의 인사에 이슈인은 손을 내밀어 악수를 청했다.

"앞으로 잘 부탁드립니다."

"인사를 나누었으면 계속 가도록 하지."

로코코 후작의 안내를 받으며 이슈인은 머릿속에서 원글로스에 대한 간략한 정보를 다시 한 번 정리했다. 명령서와 함께 날아온 책자에 적혀 있던 내용이었다.

'분명 원글로스는 우리와는 라이더 양성 방법이 달랐지.'

원글로스에도 라이더 양성을 위한 아카데미가 있었다. 하지만 그 기간이 메틀라인보다 4년 짧은 6년이었다. 그리고 이후 2년간은 라이더의 종자로 들어가서 실전에서 익힌다고 했다.

각기 장단점이 있기에 어느 국가의 방법이 더 우수하다고 할 수는 없었다. 원글로스는 마리오 제국의 방법을 따르고 있었다. 메틀라인과 벨런시아 공화국은 루즈벡 제국의 방법을 응용한 것이었다.

이슈인이 그렇게 생각에 빠져 있는 사이 자신이 머물 방 앞에 도착했다.

"이곳이네."

로코코 후작이 문을 열어주었다.

방은 제법 신경을 쓴 듯 깔끔하면서도 격식이 있었고, 넓이도 충분했다. 종자인 호크와 함께 쓰는데도 아무 지장이 없을 정도의 크기였다.

"훌륭하군요. 이런 곳을 준비해 주시다니 정말 감사합니다."

이슈인의 인사에 로코코 후작은 그저 미소 지은 얼굴로 화답했다.

"그럼 피곤할 테니 푹 쉬도록 하게. 궁금한 것은 호크 군에게 물어보면 될 걸세."

그 말을 남기고 로코코 후작은 사라졌다.

이슈인은 방에 들어가 응접실의 소파에 몸을 묻었다. 한 일은 아무것도 없는데 피곤했다. 아무래도 타국에 와서 그들을 상대하느라 생긴 피로 같았다. 직접적으로 응대한 이는 국왕과 로코코 후작이 전부인데도 이렇다니.

"후우. 외교를 담당하는 사람들의 신경은 어떻게 생겨 먹었는지 모르겠어."

이슈인은 국방부 차관에다 외교부 차관까지 겸임하고 있는 형을 떠올리며 중얼거렸다. 그렇게 편안한 소파에서 한숨 돌리는 사이 호크는 이슈인의 뒤에 와서 섰다.

"응? 거기 그러지 말고 이쪽으로 와서 앉아요."

이슈인이 맞은편의 자리를 가리키며 말했다.

"그럴 수는 없습니다."

호크는 그 자세 그대로 선 채로 말했다.

"내가 불편해서 그러니까 앉아요."

재차 반복된 이슈인의 권유에 호크는 어쩔 수 없다는 듯 조심스레 앉았다. 응접실 앞의 창으로 새하얗게 변한 정원이 눈에 들어왔다. 2월의 첫날, 겨울의 기운이 완연했다.

"으음. 그러니까 이제 아카데미 졸업 예정인 건가요? 이제 2월이니 졸업까지는 며칠 안 남았네요."

분위기를 편하게 하려는 이슈인의 물음에 호크는 조심스레 답했다.

"작년 4월에 5학년으로 조기 졸업을 했습니다. 내전이라고 해도 전시는 전시인지라……."

대답을 하는 호크의 얼굴이 어두웠다. 같은 왕국의 사람들끼리 싸워야 하는 내전이라 함께 아카데미를 다녔던 친구들끼리도 서로 검을 겨누고 있는 터였다.

호크의 표정에서 이슈인은 자신이 실수를 했음을 깨달았다. 타국과의 전쟁과 내전은 달라도 너무 다른 상황이었다.

"내가 질문을 잘못했네요."

"아닙니다."

이슈인의 사과에 호크는 고개를 흔들며 말했다.

"그럼 이제 열아홉인가요?"

"네."

원글로스의 아카데미는 열넷에 입학하여 6년간 교육을 받는다. 정상적으로 졸업을 하면 스물이었다.

"난 이제 스물하나. 그러니까 그냥 편하게 형이라고 불러요. 나도 편하게 대할 테니까."

이슈인이 싱긋 웃으며 말했다. 하지만 그 말에 호크는 기겁을 했다.

"그럴 수는 없습니다, 나이트!"

종자들은 자신들이 따르는 라이더를 나이트라 부른다. 호크는 절대 그럴 수 없다는 단호한 얼굴로 외쳤다.

그럴 수밖에 없었다. 라이더들은 종자를 엄격히 관리하면서 한 명의 완성된 라이더로 키우는 역할을 함께한다. 자신이 맡은 종자를 어떻게 키우는지는 전적으로 라이더 개인의 역량에 달려 있다. 그렇기에 종자들에게 있어서는 얼마나 훌륭한 라이더를 만나느냐에 따라 자신의 인생이 결정되기도 하는 것이다.

그랬기에 호크는 기대가 컸다. 비록 타국에서 잠시간 지원을 나온 라이더라고 하지만 이미 비공식적으로는 대륙 최강의 라이더가 아닐까 하는 추측까지 나오고 있는 인물이다. 그런 이슈인의 종자가 되어 잔뜩 기대에 부풀어 있는데 편하게 형이라고 부르라니. 그것은 자신을 종자로 받아들이지 않겠다는 의미나 마찬가지였기에 호크가 저리도 강경한 모습을 보이는 것이다.

호크의 반응에 깜짝 놀란 이슈인은 자신의 기억을 한참을 더듬고 나서야 그 이유를 유추할 수 있었다.

'이거야, 과정이 다르니 신경 써야 할 것이 하나둘이 아니네.'

이슈인이 머리를 긁적이며 입을 열었다. 그때까지 호크는 단호하고도 절박한 얼굴로 일어서서 이슈인을 바라보고 있었다.

　"자, 일단 진정하고 앉지. 아무래도 오해를 한 것 같으니까."

　이슈인의 말에 호크는 엉거주춤 다시 소파에 앉았다. 사실 호크로서는 이런 상황이 불편했다. 라이더의 종자로 있으면서 이런 대우를 받기는 처음이니까 말이다. 라이더의 종자란 시종이나 다름없어, 라이더가 앉더라도 항상 그 뒤에서 서 있어야 했다.

　"알다시피 메틀라인과 원글로스는 라이더의 양성 과정이 달라. 메틀라인에는 종자라는 존재 자체가 없으니까. 솔직히 나로서는 조금 당황스러워. 군인이라지만 특수한 위치 때문에 직속 부하라고는 거느려 본 적이 없으니까. 그래서 서로 좀 편하게 지냈으면 해서 한 말이야. 물론 종자에 대한 라이더로서의 의무는 다 할거야. 일단 이곳이 원글로스인 이상 원글로스의 방식을 따라야지. 내가 원글로스의 방식을 모르는 것도 아니고 말이야. 그러니까 너무 그렇게 기겁하지 마."

　이슈인의 길고 긴 설명이 끝났다. 어느새 호크는 안심한 표정을 짓고 있었다.

　"알겠습니다."

　"그리고 형이라는 호칭이 불편하면 그냥 원래대로 나이트라고 불러. 대신에 다른 사람들 대하는 것처럼 너무 어려워 말고 좀 편하게 생각하라고. 어차피 이곳은 나에게는 타국이고 모르는 것도 많은 이상, 네 도움을 많이 받아야 하니까 말이야."

"네."

그제야 호크는 조금 더 편한 자세로 소파에 앉았다. 그런 변화를 확인하고 나서야 이슈인은 겨우 미소를 지을 수 있었다.

"그나저나 시간 참 빠르군."

이슈인은 정원에 쌓인 눈을 바라보며 중얼거렸다.

"벌써 일 년이라니."

그랬다. 벨런시아와의 전쟁이 발발한 것이 작년 3월 말이다.

"그렇군요."

이슈인의 중얼거림에 호크가 답했다. 밖을 바라보는 그의 두 눈에는 진한 아픔이 어려 있었다. 벨런시아 공화국의 수작 덕에 메틀라인과 전쟁이 발발한 날과 원글로스의 내전이 일어난 날이 같았다.

2057년 3월 26일. 두 사람으로서는 잊을 수 없는 날이다.

잠시간 침묵이 감돌았다.

"지금 상황은 정확히 어떻지?"

이곳으로 오기 전 명령서와 함께 문서를 보았기에 대략적인 상황은 알고 있었다. 하지만 현지에서 직접 몸으로 겪은 이의 설명이 더욱 자세하고 현실감있을 것이란 생각에 물었다.

호크는 천천히 현재 내전 상황에 대해 자신이 알고 있는 한 최대한 자세하게 설명을 시작했다.

*      *      *

유니온의 동남쪽에 위치한 어퍼 그랜져 산맥의 끝자락. 그곳은 고요한 유니온과는 달리 세찬 눈보라가 몰아치고 있었다. 그야말로 겨울의 한가운데였다.

그곳에는 모두 열 기의 자이안과 한 기의 브루트가 세워져 있었다. 그중 브루트의 콕피트 해치는 열려 있었다. 콕피트의 의자에 앉은 푸른 머리의 청년은 쏟아져 내리는 눈보라를 보면서 뜨거운 차를 마시고 있었다. 투박한 군용 철제 컵에서 모락모락 김이 피어오르고 있었다.

"그날도 이렇게 눈보라가 몰아쳤었지."

청년은 눈보라를 바라보고 있었지만 그의 시선은 눈보라의 뒤편에 있는 과거를 향해 있었다.

"칼버튼 카인 라이오네……."

살기가 어린 목소리로 청년은 한 남자의 이름을 중얼거렸다. 그 이름을 입 밖에 내는 순간 등 뒤가 욱씬거렸다. 분명히

다 나았다고 생각했건만 아직도 통증이 남아 있었다.

"카로니안 대장!"

아래서 들리는 목소리에 청년은 회상에서 깨어났다.

"무슨 일이야?"

"날도 추운데 그만 안쪽으로 들어와요. 이런 날 콕피트에서 무슨 청승이에요? 오늘 어차피 출격은 없을 것 같던데. 더군다나 상부의 명령에 의하면 유니온에 레퀴엠이 왔으니까 당분간 몸 사리라고 했잖아요. 이런 날에 작전은 불가능하니까 이제 그만 소환 해제하자구요."

아래서 들리는 외침에 청년 카로니안은 피식 웃었다. 그 역시 이런 날 출격할 생각은 없었다. 단지 그날과 너무나 똑같은 눈보라에 잠시 과거에 다녀왔을 뿐이다.

"네미가 그러라고 했나?"

"뭐, 그렇죠. 설마 제가 그렇게 똑똑하겠습니까? 하하."

커다란 덩치의 라이더, 루안은 사람 좋은 웃음을 터뜨리며 머리를 긁적였다. 네미는 카로니안의 부하들 중 유일한 여성 라이더로 현재 참모의 역할을 맡고 있었다.

"그럼 내려가지."

카로니안은 아직 뜨거운 차를 금세 비우고는 줄사다리를 따라 아래로 내려왔다. 그가 내려오자 곧 열한 기의 기간테스는 소환 해제되었다.

그리고 카로니안은 그들의 은신처인 동굴로 천천히 걸어

들어갔다.

"레퀴엠이라… 나는 칼버튼, 네놈이 오기를 바랐다."

카로니안이 낮게 중얼거렸다.

"칼버튼, 끝내 그를 이기지 못한 모양이구나. 너의 그릇은 그것이 한계지."

카로니안이 사라진 자리에 그가 남긴 말소리만 맴돌았다.


"대장, 이제 어떻게 하죠? 설마 메틀라인에서 레퀴엠을 보낼 줄은 몰랐는데 말이죠."

네미가 얼굴을 찌푸리며 물었다. 아무리 머리를 굴려도 레퀴엠을 상대할 방법이 없었다. 제스터의 디스토션을 완파시킨 기체다. 자신들로서는 어떻게 할 수 없는 존재였다.

"글쎄, 책사인 네가 모르면 우리로서는 아무 일도 할 수 없는 거지."

카로니안이 어깨를 으쓱하며 말했다. 칼버튼의 이름을 중얼거릴 때 보였던 그 매서운 기세는 어느새 사라지고 얼굴 가득 미소가 감돌았다.

유난히 작은 그의 눈은 웃고 있을 때는 마치 감고 있는 듯 보였다. 항상 웃고 있었기에 그는 늘 눈을 감고 있는 것처럼 보였다. 그의 웃음을 좋아한 친구들이 그에게 붙여준 별명이 스마일이다. 카로니안 본인 역시 그 별명을 좋아했다.

"우리 스마일 대장은 이 상황에서도 웃는구나."

루안이 빙그레 웃으며 중얼거렸다. 대장의 웃음을 보면 왜 그런지 몰라도 절로 기분이 좋아졌다.

"하아. 파견되고 나서 이제야 좀 작전을 펼쳐 보려고 하니 레퀴엠을 보내다니… 해도 너무한 것 같아, 이안 국방 차관."

네미는 혼자서 한숨을 쉬면서 중얼거렸다. 그녀는 라이더 였지만 또한 공화국 작전부 소속으로 수많은 전략과 전술을 배우고 익혔다. 작전부 사람에게 있어서 메틀라인의 이안 차 관은 그야말로 최대의 숙적이었다.

"힘내라구."

어느새 루안이 그녀의 곁에 다가가 어깨를 토닥여 주었다.

"그나저나 다른 녀석들은 어떻게 하고 있을까?"

카로니안은 여전히 웃는 얼굴로 동굴 밖을 바라보며 중얼 거렸다.

공화국에서 데루트 공작을 돕기 위해 투입한 지원군은 세 부대로 나뉘었다. 그중 하나가 카로니안의 부대로 전력이 가 장 약했다.

카로니안의 부대에 배치된 브루트는 카로니안의 것 한 기 가 전부였다. 다른 두 부대는 브루트가 두 기씩이었다. 공중 을 날 수 있는 브루트가 한 기냐, 두 기냐에 따라 전력은 엄청 난 차이를 보였다.

카로니안의 중얼거림과는 상관없이 눈보라는 여전히 거세 게 몰아치고 있었다.

*       *       *

"흐음. 그러니까 네 말은 이대로는 안 된다 그것이냐?"

"그렇습니다, 아버님."

하이드론 공작은 자신의 큰 아들인 케이프의 말에 잠시 생각에 잠겼다.

"모든 것이 너무 이안 차관의 의도대로 흐르고 있습니다. 결국 전쟁이 계속될수록 왕국의 힘은 그에게로 집중될 것입니다. 전시에 가장 큰 힘을 발휘하는 곳은 누가 뭐라 해도 군부입니다. 그리고 그는 그 군부의 모든 작전권을 한 손에 틀어쥐고 있지 않습니까?"

하이드론 공작은 케이프의 말에 연신 고개를 주억거렸다. 그것은 그 역시 생각하고 있던 바였다.

"그렇다면 어떻게 하면 되겠느냐?"

자신 역시 많은 방안을 생각했었다. 하지만 딱히 떠오르는 것이 없었다.

"우리 쪽 사람을 밀어넣어야지요."

케이프의 말에 하이드론 공작은 고개를 절레절레 저었다. 자신 역시 생각을 안 한 것은 아니지만 불가능한 일이었다.

"이슈인 써드 룩 한 명만을 원글로스에 보낸다는 것 자체가 말이 안 되는 일입니다. 아무리 레퀴엠이라고 하더라도 말이지요."

"하지만 모두들 수긍했다. 그리고 우리나라 상황상 다른 대안이 없어."

"물론 그 말도 맞습니다."

아버지의 말에 케이프는 미소를 지으며 긍정했다.

"더도 말고 덜도 말고 한 명만 더 보내면 되는 것 아니겠습니까?"

"한 명? 보내느니만 못한 전력이다."

"일반 전력이라면 그렇겠지요. 하지만 윙 기간테스라면 어떻겠습니까?"

케이프의 미소는 더욱 진해졌다. 하이드론 공작은 여전히 고개를 절레절레 저었다.

"레퀴엠이 외국에 나가 있는 이상 윙 기간테스는 우리 왕국에도 한 기가 아쉬운 마당이다. 그런 중요 전력을 보낼 순 없어."

"하지만 보내야 합니다, 이슈인을 방해하려면요. 모든 정국이 이안 차관의 생각대로 흘러가서는 안 됩니다. 그랬다가는 그의 영향력만 커질 뿐이니까요. 억지로라도 한 명을 더 보내야 합니다."

"누굴 보내 방해한단 말이냐? 이 전쟁에 우리 왕국의 미래가 달려 있다. 비록 바첼러 가에 힘이 집중되는 것은 탐탁지 않으나 그들을 끌어내리기 위해 왕국의 힘을 무너뜨릴 수는 없는 일이다."

아들의 미소에 하이드론 공작은 강하게 불가의 의사를 나타냈다.

"어제 왕국군 훈련소에서 은밀히 소식이 전해졌습니다."

"무슨 소식 말이냐?"

"조만간 칼버튼이 윙 기간테스를 움직일 수 있을 것 같다고 합니다."

칼버튼은 현재 윙 기간테스 라이더가 되기 위해 왕국군 훈련소에서 훈련을 받고 있었다. 본인의 능력도 뛰어났지만 그보다는 형인 케이프의 입김이 크게 작용했다. 케이프는 큰 기대를 하지 않고 혹시나 하는 마음에 동생을 밀어 넣었던 것인데, 의외로 재능을 보이는 그의 모습에 매우 만족했다.

덕분에 자신이 새로운 밑그림을 그릴 수 있게 되었기 때문이다.

"그건 놀랍구나. 녀석이 그 정도의 재능을 지녔을 줄이야."

"그것이 일반적인 기간테스 운용과 비행은 좀 다른 모양입니다. 의외로 녀석이 비행에 재능이 있는 모양입니다."

"결국 너는 둘째를 원글로스에 보내자는 말이구나."

"그렇습니다."

케이프가 미소를 지으며 고개를 끄덕였다.

'독한 놈.'

하이드론 공작은 자신의 아들의 웃음을 보며 순간적으로

그런 생각을 했다. 케이프는 지금 아버지에게 동생을 사지로 보내자고 말하는 것이다.

이슈인을 방해한다는 것은 결국 원글로스에서 공화국군과의 전투에서 패해야 한다는 것이다. 레퀴엠과 같은 최신예 기체가 아닌 랩터2 윙으로 그런 행동을 한다면 자칫 생명이 위험할 수도 있다. 그런데 케이프는 자신의 동생을 그리로 보내자는 것이다. 아무리 가문을 위해서라지만 말이다.

정치판에서 갖은 모략을 꾸미고 겪으며 노회한 하이드론 공작이다. 그는 대번에 자신의 아들의 의도를 읽었다.

그로서는 그야말로 한 번에 두 마리의 새를 잡는 일이다. 왕국 내의 경쟁자와 가문 내의 경쟁자를 거꾸러뜨리는 그런 계획이니 말이다.

'눈치채셨군.'

케이프 역시 아버지의 표정에서 자신의 의도가 파악됐음을 읽었다. 하지만 애초에 예상했던 일이다. 아버지가 이렇게 뻔한 수작을 모를 리 없었다. 그래도 상관없었다. 아버지는 결국 자신의 제안대로 할 수밖에 없으니 말이다.

지난 일 년 사이 바첼러 백작가의 힘이 엄청나게 강해졌다. 그와 비례해 국왕의 힘 역시 그만큼 강해졌다. 점점 귀족들의 입지가 좁아지고 있었다.

전쟁이 그렇게 만들고 있었다. 중앙군이 어떻게든 버텨내고 있었기에 국왕이 힘을 가질 수밖에 없었다. 중앙군이 패해야 했다, 그것도 처참하게. 그래야 바첼러 백작가와 국왕에게 책임을 물을 수 있고, 귀족이 정국을 주도할 수 있다.

하이드론 공작은 두 눈을 감고 가만히 생각에 잠겼다.

'나 역시 독하군.'

결론을 내렸다. 그리고 하이드론 공작은 홀로 그리 생각했다. 자신의 결론 역시 아들의 그것과 같았다. 아들을 보며 독하다고 생각한 것이 불과 조금 전인데 말이다.

"칼버튼이 윙 기간테스의 운용에 성공했다는 소식이 들어오면 찾아오너라."

하이드론 공작은 그 말을 남기고 몸을 일으켰다. 아들을 등지고 걷는 그의 얼굴에는 씁쓸함이 가득했다. 그런 아비의 뒷모습을 바라보는 케이프의 얼굴에는 환한 미소가 걸려 있었다.

*　　　*　　　*

2058년 2월 3일.

이슈인이 윈글로스에 온 지 이틀이 지났다. 여전히 겨울의 맹위가 남아 있는 추위에 이슈인은 자신의 방에서 밖을 내다보고 있었다.

레퀴엠이 왔다는 소식 때문일까. 귀족군의 움직임이 조용해졌다. 덕분에 이슈인은 이틀 동안 별일이 없었다. 호크의 안내로 유니온을 조금 돌아본 것이 이슈인이 한 일의 전부였다.

"이제 곧 2년인가."

이슈인은 낮게 중얼거렸다. 훈련소에 입소한 것이 엊그제 같은데 어느새 시간이 이렇게 흘러 있었다.

"나이트, 접니다."

그때 호크의 목소리가 들렸다.

"들어와."

이슈인의 대답에 호크가 문을 열고 들어왔다. 누군가가 찾아서 잠시 나갔다 온 호크였다. 아마도 이슈인에게 어떤 명령이 떨어졌을 것이다. 그것도 그다지 편한 일은 아닐 것이다. 로코코 후작을 제외하고는 심지어 국왕마저도 자신을 탐탁지 않아 한다는 것을 이슈인은 느끼고 있었다.

"출격 요청입니다. 귀족군이 조용하다고는 하나, 가만히 있을 수는 없다고 선제 타격을 하라고 합니다."

호크가 어두운 얼굴로 말했다. 그 모습에 이슈인은 슬며시 미소를 지었다. 자신의 예상이 맞은 듯했다.

"물론 나 혼자의 단독 작전이겠지?"

이슈인의 물음에 호크가 깜짝 놀랐다. 정말로 그랬기 때문이다.

"네."

"가치를 보여라. 이거네."

이슈인이 씨익 웃었다. 그런데 그 웃음은 시리도록 차가웠다. 적어도 호크의 눈에는 그렇게 보였다.

"작전 지역은?"

이슈인의 물음에 호크는 우물쭈물 대답했다.

"사카인 공작령입니다."

"사카인 공작령이라면… 분명 귀족군의 수장인 데루트 하이 사카인 공작의 영지로군. 적의 본거지로 혼자 쳐들어갔다 와라, 이거로군."

이슈인의 미소가 더욱 진해졌다.

설마 이 정도의 대접을 받을 것이라고는 상상도 못했기에 그의 분노는 차갑게 타올랐다. 호크는 그런 이슈인의 얼굴을 차마 제대로 바라보지 못했다.

"후우. 와달라고 사정할 때는 언제고……."

이슈인은 소파에서 몸을 일으켰다.

원글로스 입장에서는 손해 볼 것이 없었다. 레퀴엠이 적진을 뒤흔들면 좋은 것이고, 실패하더라도 그 핑계로 메틀라인에 더 많은 지원을 요구할 수 있었다. 어차피 영토의 일부를 주기로 한 이상 원글로스의 입장에서도 메틀라인에서 최대한 뽑아내야 했다.

이슈인은 그들의 그런 생각까지 읽을 수 있었다.

"결국은 나 하나로 충분하다는 것을 증명해야 한단 말이지. 가자."

이슈인이 걸음을 옮겼다. 호크가 서둘러 앞에서 길을 안내했다. 일단은 원글로스 국왕군으로서 출격이었기에 군부의 허가를 받아야 했다.

호크는 이슈인을 왕궁 한켠에 마련되어 있는 작전 사령부로 안내했다. 현재 왕궁은 그야말로 군의 요새로 변해 있었다.

"왔는가?"

원글로스의 국방부 장관이자 국왕군의 총사령관인 브라이트 백작이 이슈인을 힐끗 보고는 말했다.

"네. 출격 요청을 받고 왔습니다. 작전 지역은 사카인 공작령이라고요?"

이슈인의 물음에 브라이트 백작은 고개를 끄덕였다. 이슈인을 대하는 그의 자세는 지극히 사무적이었다. 기대도, 실망도 없다는 듯한 태도다. 그는 그저 군의 총사령관으로서의 책무를 수행할 뿐이다. 어떻게든 국왕군의 승리를 위해 머리를 짜내고 있는 것이다.

사실 이번 이슈인의 출격은 국왕의 명령이었다. 가이나트 국왕은 레퀴엠이 영 못 미더운 것 같았다.

"사카인 공작령 중에서도 남서쪽에 위치한 로마노크 지방이네."

브라이트 백작이 지도의 한 곳을 가리켰다.

"이곳은 사카인 공작령 최대의 평야로 우리 왕국에서도 손에 꼽히는 곡창지대지. 현재 귀족군의 보급 기지나 다름없는 곳이네. 이곳에 공화국에서 온 지원군의 일부가 있네. 그들을 처리하고, 적들의 군량을 소각해 주게."

브라이트 백작은 이슈인이 할 일을 모두 말해준 후 돌아섰다. 그가 해야 할 일은 많았다. 국왕군의 움직임을 전체적으로 조율해야 했다.

이슈인은 그런 브라이트 백작을 가만히 바라보았다.

'저 사람의 생각은 아닌 것 같군.'

이슈인은 다시 호크의 안내에 따라 왕궁내 임시로 마련된 기간테스 주기장으로 나갔다.

이슈인이 모습을 드러내자 금세 소란이 일었다. 소문의 레퀴엠의 라이더가 나타났기에 그곳에 있던 병사들은 물론, 라이더들까지 관심을 나타내는 것이다.

이슈인은 그런 소란과 관심에는 아랑곳하지 않았다. 자신은 자신이 할 일을 할 뿐이다.

'하지만 왜 하필 나냐고!'

솔직히 기분이 언짢은 것 또한 사실이었다.

"레퀴엠. 소환."

이슈인이 낮게 시동어를 중얼거렸다.

─알겠습니다, 마스터.

아스카론의 말소리가 머리에 울렸다. 그리고 공간이 일그러지며 레퀴엠이 나타났다.

"오오. 저것이 소문의……."

"그렇게 대단해 보이지는 않는데?"

레퀴엠이 모습을 드러내자 곳곳에서 갖가지 말이 터져 나왔다. 이슈인은 훌쩍 콕피트로 뛰어올랐다.

호크는 반짝반짝 빛나는 눈으로 그런 이슈인의 모습을 지켜보았다. 견습 라이더나 다름없는 종자의 신분인 그에게 있어 저 모습은 그야말로 동경 그 자체였다. 이슈인도, 레퀴엠도 너무나 멋졌다.

그때 호크의 눈앞에 줄사다리가 떨어졌다.

호크가 깜짝 놀라 올려다보자 이슈인이 콕피트 밖으로 상체를 내밀고 내려다보고 있었다.

"올라와."

간결한 말이다. 하지만 그 말에 호크는 두 눈을 치켜떴다. 꿈에라도 생각지 못한 일이 일어나려 하고 있었다.

"네?"

호크가 반신반의한 얼굴로 되물었다.

"올라오라고. 어서 올라와야 출격하지."

"제가요?"

호크가 손가락으로 자신을 가리키며 다시 물었다.

"그럼 너 말고 누가 있어? 불편해도 너 하나 탈 자리는 있어. 어서 올라와."

호크는 그 말에 서둘러 줄사다리를 타고 올랐다. 혹시라도 이슈인의 마음이 바뀔세라 후다닥 올랐다. 그 모습을 다른 종자들이 부럽다는 듯 바라보았다.

라이더가 출격할 때 종자의 역할은 배웅까지다. 절대 저렇게 동승하지 않는다. 콕피트 내에 동승할 만한 자리도 없거니와, 있다 하더라도 종자를 태우는 라이더는 없었다. 종자가 콕피트에 오를 때는 기간테스를 정비할 때뿐이었다.

"감사합니다."

콕피트에 오른 호크는 고개를 꾸벅 숙였다.

"저리로 들어가면 불편하더라도 공간이 있을 거야. 많이 흔들릴 테니까 잡을 것 있으면 꽉 붙잡고 있고."

이슈인이 조종석 뒤의 빈 공간을 가리키며 말했다. 예전 록힐 광산의 작전 때 마크가 있었던 곳이다. 그곳에는 당시 마크를 위해 준비해 둔 손잡이가 여전히 남아 있었다.

"네."

호크가 자리를 잡자 이슈인은 조종석에 앉아 벨트로 몸을 고정했다. 해치가 닫히고 파노라마 사이트를 통해 들어온 풍경이 사방의 상태창에 나타났다. 호크는 호기심 가득한 눈으로 그 모습 하나하나를 지켜보았다.

이슈인의 양손이 마나 제어구에 올라갔다.

우우웅.

낮은 기동음과 함께 마나 엔진이 움직이기 시작했다. 그리고 그 순간 등 뒤로 주홍빛 날개가 활짝 펼쳐졌다.

"우와!!!"

"오오!"

"저것이?!"

레퀴엠을 지켜보던 사람들은 놀라기에 정신이 없었다. 소문으로만 듣던, 이카루스를 드디어 직접 보게 된 것이다. 공화국군의 공습 때 이카루스가 원글로스에 처음 등장했지만 이곳의 병사들은 그들을 볼 수 없었다. 이곳까지 공화국의 브루트가 나타난다면 그것은 이미 패배나 다름없는 상황이니까 말이다.

이카루스를 활짝 펼친 레퀴엠은 훌쩍 날아올라 순식간에 하늘의 작은 점으로 화했다. 원글로스의 라이더들은 그 모습을 멍하니 바라보았다. 그들에게 있어서 이카루스는 그야말로 어마어마한 충격이었다. 그랬기에 그 누구도 레퀴엠이 딜레이 타임도 없이 날아올랐다는 것을 깨닫지 못하고 있었다.

"우와와와……!"

호크는 갑작스러운 급상승에 깜짝 놀라 양손으로 손잡이를 꽉 잡았다. 그래도 요동치는 몸을 지탱하기란 여간 어려운 것이 아니었다.

'뒷쪽에도 벨트가 있어야겠는데…….'

—다음에 조치하겠습니다, 마스터.

이슈인의 생각에 아스카론이 답했다.

'그래. 일단 지도를 보여줘.'

이슈인의 요구에 상태창 한곳에 원글로스의 지도가 나타

났다.

"그만 놀라고 어느 쪽으로 가는지 알려줘야지."

"아, 네."

이슈인의 말에 호크는 정신을 차렸다.

"일단 남쪽으로 가시면 됩니다."

이슈인은 고개를 끄덕이곤 레퀴엠의 방향을 잡았다. 이카루스를 빛내며 레퀴엠은 빠른 속도로 날아갔다.

# CHAPTER 2
## 로마노크 요새

　새하얀 세상이 눈앞에 펼쳐졌다. 눈으로 뒤덮인 평야가 만들어내는 새하얀 지평선은 또 다른 감흥을 불러일으켰다. 레퀴엠에서 내린 이슈인은 말없이 지평선을 바라보았다.

　그때 호크가 다가왔다.

　"마나석의 교체를 끝냈습니다."

　이곳은 로마노크 평원의 초입이었다.

　루즈벡 제국과 윈글로스 왕국의 국경을 이루는 윈글로스 강변이다. 윈글 강과 로스 강이 유니온 북쪽에서 합류하여 형성된 윈글로스 강은 국경이자, 로마노크 평원의 젖줄이었다. 윈글로스 강의 풍부한 수량이 있었기에 로마노크 평원이 원글로스 왕국에서 손꼽히는 곡창지대가 될 수 있었다.

"수고했어."

이제 곧 작전 지역이었다. 이곳까지 날아오느라 상당한 양의 마나를 소모하였기에 여기서 중간 보급의 개념으로 마나석을 교체했다. 이슈인이 직접 하려 했으나 그것은 종자의 일이라며 호크가 극구 자신이 하겠다고 우겼다. 할 수 없이 이슈인은 마나석을 장착하는 위치와 교환 방법을 알려주고 이곳에서 지평선을 감상하고 있었다.

"이제 다시 가자."

이슈인과 호크는 콕피트에 올랐다. 사방으로 눈발을 날리며 레퀴엠은 다시 떠올랐다.

얼마 날지 않아서 레퀴엠은 평원의 중심부에 들어갈 수 있었다. 그리고 아래로 요새로 보이는 거대한 건물이 눈에 들어왔다. 육안으로는 작은 점으로 보일까 말까였지만 아스카론이 확대하여 상태창에 띄워주었다.

마이스터로 인정받은 후 여러모로 편리해졌다. 예전과는 비교도 할 수 없었다. 아스카론이 제 역할을 수행하기 시작하면서 레퀴엠의 성능 역시 상승했다.

대륙의 어떤 기간테스로도 흉내 낼 수 없는 성능이었다. 라이더가 신경 써야 할 많은 부분을 아스카론이 대신 처리해 줌으로써 이슈인은 더욱 전투에만 집중할 수 있게 되었다.

"엄청나네요. 이런 기능은 다른 기간테스에서는 구경도 못

해봤어요. 아니, 이런 것이 가능하다는 이야기도 못 들었어요."

"레퀴엠은 특별하니까."

호크의 감탄에 이슈인이 답했다.

"하지만 실제 전투와는 상관없어. 일단 전투가 시작되면 중요한 것은 라이더의 집중력이다."

"네!"

이슈인의 말에 호크는 힘차게 대답했다. 그 조언을 뼛속 깊이 새기기라도 하려는 기세였다.

"자이안이 다섯 기라… 확실히 신경을 쓰고 있다는 소리군."

군량 창고로 보이는 그 거대한 요새 주변으로 다섯 기의 자이안이 소환되어 있었다. 아마 예비 기동 상태일 것이다. 딜레이 타임을 없게 하기 위해 최소한의 마나로 마나 엔진을 기동 상태에 두는 것이다.

마나의 소모가 큰 방법이지만 어쩔 수 없었다. 적의 기습 때 딜레이 타임 때문에 움직이지 못한다면, 기간테스는 그저 커다란 동상일 뿐이니까.

예전에는 최소한으로 시행하던 예비 기동이 요즘은 필수가 되었다. 순식간에 나타나 적진을 휩쓸고 사라지는 웡 기간테스의 출현 때문이었다.

—주변에 적 기간테스입니다. 공화국의 이카루스를 장착

한 그 기간테스입니다.

아스카론의 경고가 이슈인의 머리에 울렸다. 이슈인은 황급히 사방을 살폈다. 동쪽 하늘에서 작은 점이 하나 보였다. 아무래도 그것이 아스카론이 알려준 브루트인 듯했다.

"저 녀석이 브루트로군. 호크, 손잡이를 꽉 잡아라. 적의 윙 기간테스다."

이쪽에서 저렇게 작은 점으로 보인다면 적도 자신을 발견 못했을 확률이 컸다.

"어떻게 한다……."

이슈인이 작게 중얼거렸다.

브루트가 두려운 것이 아니었다. 어떻게 하면 최대한 효율적으로 적에게 타격을 줄 수 있을지 고민했다. 혼자서 적진에 뛰어든 이상 효율은 그 어떤 것보다도 중요했다.

호크는 마른침을 꿀꺽 삼켰다. 적의 기간테스를 발견했다는 소리에 절로 긴장이 되었다. 기간테스에 타서 적과의 전투를 치른 경험이 없는 호크로서는 온몸이 딱딱하게 굳어드는 이 긴장감은 당연한 것이었다.

"좋아!"

이슈인은 결정을 내린 듯했다. 이슈인의 말이 끝나기 무섭게 레퀴엠의 움직임이 빨라졌다. 레퀴엠은 고도를 높였다. 일단 적의 레드 이카루스는 레퀴엠의 완성형 이카루스에 비해 고도 성능이 뒤떨어졌다. 설사 브루트가 레퀴엠을 발견한다고 해도 어찌할 방법이 없었다.

ㅡ레드 이카루스로는 이곳까지의 상승이 불가능합니다.

아스카론의 확인에 이슈인은 상승을 멈췄다. 그리고 기다렸다. 브루트가 근처까지 오기를 말이다. 브루트의 비행 속도로 봐서는 자신을 발견한 것 같지는 않았다. 계속해서 일정한 속도로 움직이는 것으로 보아 주변을 정찰할 목적인 듯했다.

"확실히 군량에 대한 경비가 철저하군."

"레퀴엠이 지원을 왔다는 소식 때문에 바뀐 것 같습니다. 이렇게 하늘을 날 수 있으면 분명히 순식간에 공격할 수 있을 테니까요."

호크의 말에 이슈인은 고개를 끄덕였다. 이미 메틀라인의 전장에서 레퀴엠에게 호되게 당한 그들 아니던가.

"일단 저 녀석부터 처리해야겠지?"

주변에 있는 다른 기간테스를 탐지하는 능력 따위는 현재 대륙에는 존재하지 않는다. 아스카론만의 독자적인 능력이었다. 적의 기간테스를 탐지하는 방법은 오로지 라이더의 육안에 의지하는 것, 그뿐이었다.

현재 레퀴엠은 브루트의 시야에서 완벽하게 벗어나 있었다.

브루트가 레퀴엠의 아래를 지나쳤다.

그 순간, 레퀴엠의 하강이 시작되었다. 위에서 아래로 내리꽂히는 공격이다. 그것도 뒤를 완벽하게 잡았다. 이슈인은 지금까지의 경험으로 공중전에서는 뒤를 잡는 것이 얼마나 중요한지 깨달았다. 지상에서의 싸움과는 비교도 안 될 정도다.

그랬기에 자신이 월등히 우세함에도 불구하고 이렇게 뒤를 노리고 공격해 들어가는 것이다. 레퀴엠 홀로 이곳을 공략해야 한다. 최대한 안전한 방법을 사용해야 했다.

"응?"

브루트의 라이더 홉킨은 귓가를 간질이는 아주 작은 파공음에 고개를 갸웃거렸다. 그리고 곧 주변을 살폈다.

상하, 좌우, 전후. 모두 살폈으나 특별한 이상은 없었다. 현재 레퀴엠은 브루트의 후상방에서 사선을 그리며 날아들고 있었기에 완벽히 홉킨의 사각에 들어가 있었다.

어느새 레퀴엠의 손에 검이 들려 있었다.

꿀꺽.

양손으로 손잡이를 꽉 잡은 호크는 마른침을 삼켰다. 이런 움직임이라니, 믿을 수가 없었다.

서걱.

금속이 금속을 가르는 섬뜩한 소리가 호크의 귀에 울렸다.

"큭."

홉킨은 온몸을 훑고 지나가는 화끈한 느낌에 깜짝 놀랐다. 그리고 보았다, 어느새 자신의 전하방에 존재하는 기간테스

한 기를.

주홍빛 날개를 빛내며 공중에 고고히 떠 있는 기간테스. 이런 기간테스는 대륙에 오직 한 기다.

"레퀴엠, 레퀴엠이!"

홉킨은 깜짝 놀랐다. 언제 이곳에 나타났단 말인가. 정말로 신출귀몰했다. 홉킨은 급히 제어구에 마나를 불어넣었다. 지금까지의 단순한 정찰 기동이 아닌 전투를 위한 급속 기동을 해야 했다.

마나를 끌어올리려는 순간, 가슴과 허리 어름에서 강렬한 통증이 일었다. 그리고 피로 물들고 있는 자신의 군복이 눈에 보였다.

"대, 대체… 언제…….."

홉킨의 의식은 거기까지였다.

쿠아앙! 쾅!

레퀴엠의 검에 정확히 양단된 브루트가 폭발했다. 기간테스와 마나 엔진, 그리고 라이더의 몸까지 일순간에 갈라 버린 결과였다.

너무나 찰나지간에 일어난 일이라 홉킨은 자신의 상태조차 제대로 알아차리지 못한 것이다.

뒤에서 들려오는 요란한 폭음에 호크는 뒤를 돌아보았다. 레퀴엠의 검이 움직이는 것조차 제대로 보지 못했다. 귀에 들린 절삭음에 무언가 잘랐다는 것을 알았을 뿐이다. 그런데 설마 일격에 적의 기간테스가 폭발하다니.

그것도 공화국의 최신예 기간테스라는 브루트가 말이다.

'이것이 레퀴엠······.'

호크의 심장이 격렬하게 뛰기 시작했다.

하늘에서 일어난 요란한 폭발은 지상의 공화국군에게 적의 출현을 알리기에 충분했다. 지상이 분주해지기 시작했다. 자이안과 데세랄이 즉시 기동에 들어갔다.

성의 망루에 올라서 급히 망원경으로 하늘을 살핀 경비병의 입에서 비명과 같은 소리가 터져 나왔다.

"레퀴엠이다!! 브루트가 당했다!!"

그 외침은 공화국군에 공포를 전염시켰다. 메틀라인의 전장에서 공화국군에 퍼진 소문은 가히 전율 그 자체였다. 이미 그 소문을 알고 있는 병사들의 얼굴은 겁에 질려 있었다.

그것은 기동을 시작한 기간테스의 라이더들 역시 마찬가지였다.

"젠장. 설마 했지만 진짜로 올 줄이야."

자이안의 라이더인 하이츠는 얼굴을 일그러뜨렸다. 어떻게 공격했기에 브루트에서 통신 한 번 들어오지 않았다. 브루트의 완파를 알게 해준 것은 푸른 하늘을 붉게 수놓은 폭발이었다.

"주변을 살펴라! 지원 부대가 있을 것이다! 정찰 나간 병사들에게 연락해!"

홉킨이 죽은 이상 이곳의 지휘권은 하이츠에게 있었다. 하이츠는 서둘러 명령을 내렸다.

잔뜩 긴장한 얼굴로 하늘을 올려다보았다. 언제 어디서 투창이 날아올지 몰랐다. 최대한 빠른 기동으로 피할 준비를 해야 했다.

레퀴엠이 나타났다면 이곳의 군량은 포기해야 했다. 강탈이 아닌 소거가 목적이라면 막을 방도가 없으니 말이다. 하늘에서 요새로 투창만 몇 번 던진다고 해도 막을 수가 없었다. 직접 기간테스가 떨어져 내리면 내쳐치는 참격은 몇 기의 기간테스로 어떻게든 막을 수 있다지만, 투창은 기간테스의 방패로 막기에는 공격 범위가 너무 좁았다. 괜히 익스플로젼 마법에 휩쓸려 기간테스에 애먼 타격만 입힐 뿐이다.


"자작님! 큰일 났습니다! 레퀴엠이 나타났다고 합니다!"

원글로스 귀족군의 기사 한 명이 이곳의 방어를 책임지고 있는 롤라이 자작의 집무실로 뛰어들며 외쳤다.

"이미 알고 있다!"

롤라이 자작은 신경질적으로 외쳤다. 그의 얼굴은 하얗게 질려 있었다.

"젠장. 하필이면 이곳에……."

롤라이 자작은 발을 동동 구르며 손톱을 깨물었다. 어떻게 이 난국을 타개할 방법이 없을까 고민했지만 뾰족한 수가 없었다.

"일단 공화국에서 지원해 준 라이더들을 믿어야지요."

그때 롤라이 자작의 참모인 샤를 준남작이 들어왔다.

"흥. 그들을 어떻게 믿나. 이미 메틀라인과의 전쟁에서 레퀴엠을 막을 수 없음을 증명했는데. 설마 메틀라인에서 레퀴엠을 보낼 줄이야……."

롤라이 자작의 말에 샤를 준남작의 얼굴이 어두워졌다.

"그래도 발버둥이라도 쳐야지요. 일단 이 요새에 설치된 방어 마법을 발동시켜야 합니다."

이곳의 정확한 명칭은 로마노크 요새다. 평원의 한가운데 있는 요새로, 주목적은 거점의 방어가 아닌 군량의 보관이었다.

데루트 공작은 전쟁에 있어 식량의 중요성을 충분히 인지하고 있었다. 그래서 군량 창고를 이곳과 같은 요새로 건설했다. 이곳은 이미 5년 전에 완성된 곳으로, 공작은 이미 그때부터 마음속에서 만일의 상황을 준비하고 있었던 것이다.

"방어 마법을 발동한다고 해도, 요새의 규모 때문에 고작 다섯 시간이 한계야."

"다섯 시간이라도 버텨야지요. 그런 발버둥이라도 쳐야 합니다. 아무리 적이 레퀴엠이라도 미리 포기하면 안 됩니다."

샤를 준남작은 절규하듯 외쳤다. 가신으로 이런 행동은 불충이나 다름없으나 잔뜩 겁을 먹은 자신의 주군을 일깨우려면 어쩔 수 없었다.

준남작의 말에 롤라이 자작은 억지로 고개를 끄덕였다. 그리고 책상의 마지막 서랍을 열었다. 그러자 책장 하나가 옆으로 스르륵 미끄러졌다.

책장이 이동한 뒤로 작은 금고로 보이는 철문이 있었다. 롤라이 자작은 조심스레 철문을 열었다.

그 안에는 그저 한 손에 들어올 수 있는 크기의 작은 수정구가 있었다. 롤라이 자작은 그것을 확인하고 한쪽으로 물러섰다.

"자네, 이 수정구에 마나를 불어넣게."

롤라이 자작은 문관이었다. 때문에 마나를 움직일 수 없었다. 그는 자신에게 레퀴엠의 습격을 알리러 온 기사에게 그 역할을 맡겼다.

이미 두 사람의 대화로 그것이 무엇인지 짐작한 기사는 빠른 걸음으로 다가와 수정구를 오른손에 쥐었다. 몸에서 마나를 끌어올렸다 생각한 순간 수정구가 기사의 마나를 집어삼켰다. 아주 작은 양이었다.

그러자 수정구가 빛나기 시작했다.

"좋아. 그대로 있던 자리에 내려놓게."

기사가 있던 자리에 수정구를 내려놓는 순간, 금고에서 시작된 빛이 사방으로 뻗어나갔다. 그리고 이윽고 요새의 벽들이 일제히 빛나기 시작했다.

롤라이 자작은 쓸쓸히 그 모습을 바라보았다.

"후우. 이 방어 마법을 한 번 발동하는데, 우리 영지의 일 년치 예산과 같은 비용이 들어간다니… 그런데도 이것이 허망한 몸부림이라…….''

롤라이 자작의 목소리는 비탄에 젖어 있었다.


"응?"

이슈인의 표정이 변했다. 막 투창을 소환하는데 적의 요새에서 변화가 나타났기 때문이다.

은은한 빛이 요새에서 뿜어져 나오기 시작했다.

—실드 마법이 발동되었습니다, 마스터.

아스카론의 말에 이슈인은 그 빛의 정체를 알 수 있었다. 그리고 놀란 표정을 지었다.

"저 커다란 요새 전체를 방어 마법으로 도배를 했다고? 데루트 공작이라는 사람 대체 얼마만한 돈을 가지고 있는 거야?"

이슈인의 중얼거림에 호크가 깜짝 놀랐다.

"저게 방어 마법이라구요?"

"그래."

호크는 어이가 없다는 눈으로 아래를 내려다보았다.

"벌써 몇 년이나 중앙에 내는 세금을 거부하더니… 그 돈이 다 저곳에 들어갔군요."

"그랬단 말이지?"

"네. 데루트 공작은 왕국제일의 부자 중 한 사람이에요. 그럴 수밖에 없는 것이 왕국의 삼대곡창지대 중 두 곳이 그의 영지에 있는 걸요."

"그럼 이런 창고가 한 곳 더 있겠군."

"사카인 평원은 데루트 공작의 영주성이 있는 곳입니다. 원글로스 한가운데 위치한 평원이지요."

호크의 대답에 이슈인은 어이가 없다는 얼굴로 물었다.

"대체 영지의 크기가 얼마란 소리야?"

"왕국 영토의 8분의 1정도 될 겁니다."

돌아온 호크의 대답에 이슈인은 혀를 찼다.

"쯧. 그러니 이런 일을 벌이지."

힘이 있기에 욕심이 생긴 것이다. 아무리 공작이라지만 왕국의 영토 중 1/8을 소유하고 있다니 많아도 너무 많았다.

'아스카론, 저 요새에 펼쳐진 실드 마법의 위력은 어느 정도야?'

─현재 보유한 투창 전부를 사용할 경우 약 3할의 피해를 입힐 수 있습니다.

아스카론의 대답에 이슈인의 얼굴에 고민이 어렸다. 생각보다 훨씬 강력한 마법이 펼쳐져 있었던 것이다.

그사이, 공화국군의 움직임이 분주해졌다. 요새에 방어 마법이 펼쳐진 것을 깨달은 것이다.

"훗. 아주 바보는 아니군. 샤를 준남작이라고 했던가? 그의 짓이겠지."

하이츠의 얼굴에 약간의 여유가 생겼다. 당장 요새의 초토화를 걱정했는데, 이제는 걱정할 필요가 없어진 것이다.

"확실히 데루트 공작은 능구렁이야. 이런 준비를 해놓다니."

사실 그들도 요새에 방어 마법이 깃들어 있는 줄은 몰랐다. 마법이 발동하면서 알아차린 것이다. 진즉에 알았더라면 작전에 한결 수월했을 것이다.

이제 지상의 자이안과 데세랄들은 오직 레퀴엠에게 집중했다.

[정찰병들의 연락은?]

통신을 통해 하이츠가 부하에게 물었다.

[열 개 조 모두 별다른 이상 징후는 없다는 보고입니다.]

돌아온 대답에 하이츠는 얼굴을 찡그렸다. 열 개의 정찰조는 상당히 넓게, 그리고 멀리 펼쳐져 있었다. 그러면서도 촘촘한 감시망을 펼쳤기에 군대가 다가오고 있다면 절대 놓칠 리 없었다.

그런데 특별한 이상이 없다고 했다.

레퀴엠이 난리를 치는 동안 도달하려면 그렇게 멀리 떨어져 있을 수 없다.

그렇다면 대답은 하나다.

"설마 홀로 왔다는 거냐?"

하이츠는 낮게 중얼거렸다.

"이거, 우리를 너무 무시하는걸?"

기분이 나빴다. 하지만 현실이 그랬다. 자신들이 과연 레퀴엠을 막을 수 있을까?

내기를 한다면 하이츠 자신도 아마 '없다'에 걸 것이다.


"후우. 그래도 일단 두드려야겠지?"

이슈인은 작게 중얼거리며 결정을 내렸다.

그리고 이미 소환되어 오른손에 들린 투창을 힘껏 치켜들었다.


"레퀴엠이 투창을 던지려고 합니다!"

망루의 경계병이 큰 소리로 외쳤다.

[전원 이곳으로 모인다. 그리고 방패를 들어!]

경계병의 외침에 하이츠가 빠르게 명령을 내렸다. 자이안과 데세랄들이 일사불란하게 움직였다. 어느새 그들의 머리 위로 두꺼운 방패의 장막이 쳐졌다.

레퀴엠의 손에서 투창이 떠난 것은 그것과 거의 동시였다.

슈웅.

공기를 가르는 파공음과 함께 투창은 강렬한 속도로 떨어져 내렸다.

투창이 노리는 곳은, 공화국군의 기간테스였다.

'제발 막아라.'

하이츠는 간절히 기도했다. 충분히 가능하다 생각하고 내린 명령이다. 흩어져서 한 기가 완파되느니 뭉쳐서 막는 것이 낫다고 생각했다. 레퀴엠을 비롯한 윙 기간테스에 대비해 방패의 강도를 무척이나 올렸다는 사실 또한 그런 결정을 거들었다.

콰앙!

방패의 벽에 강렬한 충격이 느껴졌다. 이어진 익스플로전 마법이 기간테스들을 뒤흔들었다.

땅이 흔들리고 하늘이 뒤집힌다.

"크윽."

하이츠를 비롯한 라이더들의 입에서 고통의 신음이 새어 나왔다.

폭발의 먼지가 장내를 자욱하게 뒤덮었다. 짙은 먼지에 가려 근처에 있는 사람들의 얼굴도 제대로 볼 수 없었다.

잠시 후 먼지가 바람에 날려 흩어졌다.

그리고 드러난 광경.

두 기의 데세랄이 반파에 가까운 손상을 입고 비틀거리고 있었다. 하지만 나머지 기간테스들은 모두 멀쩡했다.

그 모습은 두 사람에게 상반된 반응을 불러일으켰다. 이슈인은 얼굴을 살짝 찡그렸고, 하이츠는 작은 미소를 지었다. 공화국도 그동안 방어에 열을 쏟은 만큼 상당한 발전이 있었다.

[어이, 두 사람. 움직일 수 있나?]

[문제없습니다.]

[방패 정도는 들 수 있습니다.]

하이츠의 물음에 바로 대답이 들려왔다. 그리고 비틀거리던 데세랄은 천천히 움직였다. 각자 남아 있는 한 팔로 방패를 들었다. 그 모습이 하이츠의 미소를 더욱 진하게 만들었다.

"그냥 오지는 않았다는 말이군."

이슈인이 피식 웃었다.

"엄청나군요."

호크는 투창의 위력에 정신을 차릴 수가 없었다. 어떻게 방패로 철저히 막고 있는 기간테스들의 중앙을 두드려 두 기나 파괴할 수 있단 말인가. 완파는 아니었지만 이 정도만 해도 어마어마한 위력이었다. 호크에게는 말이다.

"보통 한두 기는 완파야. 저 녀석들도 그만큼 준비를 하고 왔다는 말이지. 내가 이곳으로 파견될 줄은 나도 몰랐는데 말이야."

"네에?"

이슈인의 말에 호크는 깜짝 놀랐다. 이것도 놀라운데 전에는 완파를 했었다니 믿을 수가 없다는 얼굴이다.

"일단 지금은 이것저것 설명할 여유가 없을 것 같으니까, 꽉 잡아. 우리에게도 시간이 무한정 있는 것은 아니야."

이슈인의 싱크로율이 올라가면서 레퀴엠의 움직임은 그만큼 부드러워지고 강력해졌다. 하지만 그것이 꼭 장점만은 아니었다.

마나석으로부터 마나를 공급받아야 하는 기간테스로서는 그만큼 마나의 소모량이 늘었기에 기동 시간의 감소를 감수해야 했다.

현재 이슈인은 복귀용 마나석을 따로 챙기지 않은 상태였다.

'아스카론, 남은 운용 가능 시간은?'

—유니온까지의 복귀를 생각한다면, 40분 정도 기동이 가능합니다. 전력 기동을 할 경우 25분입니다.

"할 수 있을까?"

이슈인은 로마노크 요새를 보면서 중얼거렸다.

"네?"

호크가 되물었다. 하지만 이슈인의 대답은 없었다. 대신 다른 물음이 돌아왔다.

"호크, 너 복귀용 스크롤 카드 가지고 있어?"

"종자에게는 지급되지 않습니다. 애초에 전장에는 나가지를 않으니까요."

호크의 대답에 이슈인은 아차 한 표정을 지었다.

"미안해. 다음에는 네 것도 준비하도록 하지."

"아닙니다."

이슈인의 사과에 호크는 당황해서 손사래를 쳤다.

"손잡이 꽉 잡아. 이제 격렬하게 움직일 거야. 후흡."

이슈인은 숨을 깊이 들이마셨다. 그리고는 마나를 끌어올렸다. 이슈인의 마나 스피어에서 일어난 마나는 그레이트 서클을 그리며 휘돌았다. 곧이어 이슈인의 손에서 제어구로 스며든 그 마나는 다시 레퀴엠의 마나 회로를 따라 그레이트 서클을 그리기 시작했다.

레퀴엠의 두 눈이 빛났다.

이슈인은 전력 기동을 택한 것이다.

슈웅.

공기를 가르며 레퀴엠이 하강을 시작했다. 무시무시한 속도였다.

"우악!"

호크는 깜짝 놀라 비명을 질렀다. 이슈인은 그런 것에 아랑곳하지 않았다.

[온다!!!]

하이츠의 외침이 통신을 통해 모든 기간테스 라이더들에게 전달되었다.

[우리가 앞으로 나가겠습니다.]

레퀴엠이 거의 지상에 다다르자 처음 투창 공격에 손상을 입은 데세랄 두 기가 전면으로 나섰다. 급하강 중에는 방향 전환이 거의 불가능하기에 착지 예상 지점을 확인한 후 움직임 것이다.

콰앙!

레퀴엠의 검과 두 데세랄의 방패가 부딪치는 소리가 요란하게 울렸다.

"크윽."

라이더들의 입에서 절절한 신음이 새어 나왔다.

투창에 손상을 입었으나 두 겹으로 겹쳐진 방패는 능히 레퀴엠의 검을 막아내고 있었다.

[이때다. 둘러싸라!]

검이 방패에 박힌 듯하자 하이츠가 재빨리 명령을 내렸다.

"어, 어……."

갑작스러운 포위에 호크가 당황했다. 하지만 이슈인은 침착했다. 레퀴엠의 두 눈은 여전히 금빛으로 빛나고 있었다.

"연구들 많이 했나 보네."

이슈인의 짧은 말과 함께 레퀴엠의 양팔에 힘이 들어갔다.

스스정.

검날이 방패를 파고드는 소리가 낮게 울렸다.

[서둘러 공격해!]

하이츠가 다급히 명령하며 움직였다. 자이안의 도끼가 레퀴엠을 향해 날아들었다.

"우아악!"

레퀴엠을 비롯해 대부분의 기간테스는 파노라마 사이트를 통해 사방 360도 모두의 전경이 콕피트의 상태창에 나타난다. 실제로 볼 수 없는 뒤통수 쪽에까지 상태창이 있는 것이다. 덕분에 호크도 레퀴엠을 향해 날아오는 거대한 도끼를 생생히 볼 수 있었다. 따라서 자연히 입에서 비명이 터져 나온 것이다.

이슈인은 침착했다. 어느새 레퀴엠의 양발이 일루전 문의 수법대로 움직이고 있었다. 검이 상대의 방패에 박혀 있었기에 움직임이 부자유로울 수 있었다. 하지만 압도적인 출력차로 상대방까지 함께 움직이고 있었다.

어느새 레퀴엠은 자이안의 도끼를 절묘하게 피했다. 대신 레퀴엠이 있던 자리에 방패를 들고 있는 데세랄이 위치해 있었다. 그야말로 순식간의 일이었다.

전력을 다한 일격이었기에 하이츠는 도끼의 방향을 바꿀 수 없었다.

쿠앙!

도끼는 그대로 데세랄에 박혔다. 등을 정확하게 찍었다. 도끼날은 깊게 파고들었다.

"이럴 수가……."

하이츠는 망연자실한 얼굴로 중얼거렸다.

도끼날 밑으로 붉은 빛이 희미하게 새어 나오는 걸로 봐서는 날이 등에서 콕피트까지 밀고 들어간 듯했다.

[켄트! 켄트! 응답해!]

하이츠가 미친 듯이 외쳤다. 켄트는 지금 자신의 도끼가 박힌 데세랄의 라이더였다.

아무리 외쳐도 아무런 대답이 없었다.

"이럴 수가……"

하이츠의 두 눈이 붉게 충혈되었다.

이미 전장은 정지해 있었다.

하이츠의 자이안이 내려친 도끼가 데세랄에 박혀드는 그 순간 모든 움직임이 정지했다. 충격과 함께 덮친 정적이었다.

그 순간, 레퀴엠이 움직였다.

양손으로 꽉 쥐고 있던 검을 놓았다. 이것은 검술 대결이 아니다. 전쟁이다. 그리고 이곳은 전장, 굳이 검을 고집할 필요는 없었다.

레퀴엠의 숄더 차지가 하이츠의 자이안에게 틀어박혔다.

쾅!

요란한 소리와 함께 자이안이 뒤로 날아갔다. 날아가는 와중에도 하이츠는 도끼를 꽉 쥐고 있었다.

일단 한 기가 날아가자 구멍이 생겼다. 레퀴엠이 빠르게 움직였다. 한 바퀴 핑그르르 돌아서 날아가는 강력한 발차기가 방패를 들고 있는 데세랄의 흉갑에 정통으로 박혔다. 이미 투창에 반파에 가까운 손상을 입었던 데세랄은 방패를 놓치고 허무하게 쓰러졌다.

모든 라이더들이 그 과정을 멍하니 바라보았다. 너무 순식간에 일어난 일이었다. 숄더 차지로 생긴 굉음이 사라지기도 전에 어느새 레퀴엠의 발차기가 데세랄에게 꽂혀 있었다.

다른 이들이 반응하기 불가능한 움직임이었다.

"이게 기간테스로 보이는 움직임이라고?"

자이안의 라이더가 멍한 얼굴로 믿을 수가 없다는 듯 중얼거렸다.

그런 주변의 상황을 아는지 모르는지 이슈인은 검이 박힌 방패를 주워 들었다. 그리고는 방패에서 검을 뽑았다.

"좀 더 예리하게 해달라고 해야 할까?"

이슈인이 마음에 안 든다는 듯 중얼거렸다. 방패째로 갈라버리려고 했는데 실패한 탓이다.

레퀴엠이 주변을 돌아보았다.

남은 기간테스는 네 기의 자이안과 여덟 기의 데세랄이었다. 그들은 주춤거리며 레퀴엠을 경계하고 있었다.

'남은 시간은?'

―22분입니다. 22분 동안 전력 기동으로 마나를 소진 시 자동으로 기동은 중지합니다.

'이곳을 떠나 어느 정도 이동할 수 있을 만큼의 마나가 남았을 때 알려줘.'

―알겠습니다.

아스카론의 대답에 이슈인은 크게 심호흡을 했다. 이제 수련의 성과를 전장에서 보일 때였다.

제어구를 통해 흘러들어 오고 나가는 마나의 양이 더욱 늘어났다. 이슈인과 레퀴엠은 마나로 연결되어 한 몸이 되어가고 있었다.

이슈인은 조용히 두 눈을 감았다. 수련했을 때 느꼈던 감각이 온몸을 지배했다. 이슈인은 레퀴엠의 마나 스피어이자 의지가 되었다.

이슈인이 생각하는 대로 레퀴엠이 움직인다. 레퀴엠의 손끝에서 느껴지는 감각이 이슈인이 직접 만지는 것 같았다. 레퀴엠의 몸에서 황금빛이 흩뿌려지기 시작했다.

이슈인의 두 눈이 뜨였다. 깊고도 고요한 눈빛으로 사방을 바라보았다.

"이제 성과를 시험해 봐야지."

티타임을 함께 즐기는 사람에게나 건넬 듯한 조용하고도 평안한 말투다. 하지만 오직 말투만이 그랬다.

그 말이 끝나는 순간 레퀴엠이 검을 들고 움직였다. 레퀴엠은 인피니트 소드와 짝을 이루는 워킹 스텝인 인피니트 워크의 경로를 밟으며 천천히 움직였다.

귀족파의 병사들의 눈에는 분명 천천히 움직이는 걸로 보였다.

하지만 실제 움직임은 전혀 달랐다. 그야말로 순식간에 나타났다가 사라졌다. 그것을 가장 절실히 느낀 이들은 전장에서 맞서고 있는 라이더들이었다.

다가오는 듯싶은 순간 이미 물러서고 있었다. 그렇게 보이는 것은 레퀴엠의 움직임만이 아니었다. 검의 움직임 역시 한없이 느렸다.

그것은 오직 밖에서 레퀴엠을 바라보는 이들이 느끼는 착시 현상일 뿐이었다. 콕피트에 있는 호크는 정신이 없었다.

그냥 입을 벌리고 멍한 얼굴로 있을 뿐이다. 대체 어떻게 하면 기간테스를 이런 속도로 움직일 수 있는 것일까? 이슈인 나이트의 싱크로율은 대체 얼마일까? 이런 의문이 그의 머릿속을 가득 채웠다.

막아내는 기간테스가 없었다. 단 한 번도 막지 못했다. 아니, 오히려 이곳을 베어내라고 몸을 들이밀어 주는 것 같기까지 했다.

레퀴엠의 움직임은 고요하고 느린 듯했다.

하지만 공격은 폭풍처럼 몰아치고 있었다.

단지 그것을 느끼지 못할 뿐이었다.

레퀴엠을 움직이고 검을 떨치는 이슈인도, 그 공격을 받는 공화국의 라이더들도 느끼지 못하고 있었다.

이 공간에서 그것을 느끼는 이는 오직 한 명, 호크였다. 기간테스의 전투에서 완벽히 벗어나 콕피트에 있는 제3자의 입장인 관찰자였기에 모든 것을 제대로 볼 수 있었다.

그는 지금 자신이 두 눈으로 보고 있는 것을 도무지 믿을 수가 없었다.

어느새 레퀴엠은 열두 기의 기간테스를 훑고 지나갔다. 그때까지 걸린 시간은 겨우 5분 남짓이었다. 단 5분 만에 열두 기의 기간테스에 모두 일격을 먹인 것이다. 그것도 상대방이 그 사실을 느끼지 못하게!

"뭐, 뭐지?"

자이안과 데세랄의 라이더들은 순간 당황했다. 천천히 자신들을 지나쳐 간 것을 보았을 뿐이다. 천천히 다가오는 듯하다가 어느새 모두를 지나쳐 뒤에 서 있다.

그들로서는 영문을 알 수 없는 일이었다.

쿠쿵. 쿵. 텅.

곳곳에서 요란한 소리가 들렸다. 기간테스가 쓰러지거나 그들의 몸체 일부가 잘려 떨어지는 소리였다.

그 모습에 병사들의 얼굴이 새하얗게 질렸다. 그냥 가볍게 지나쳤을 뿐인데 아군의 기간테스가 저 모양이다. 대체 어떤 병사가 겁을 먹지 않을까.

라이더들도 혼란에 빠졌다.

"대체 이게 뭐야!"

어떤 이는 패닉에 빠지기도 했다.

"놀, 놀랍습니다. 이게 대체……."

그 모습을 고스란히 지켜보고 있는 호크는 채 말을 잇지 못했다.

"네 이놈!!!"

그때 멀리서 거대한 도끼가 날아왔다.

하이츠가 던진 것이다. 붕붕거리는 위협적인 소리와 함께 날아오는 도끼의 모습은 살벌하기 그지없었다. 하지만 이슈인의 표정은 여전히 평온했다.

그따위 것은 아무것도 아니라는 모습이다.

그리고 실제로도 그랬다. 이슈인은 너무나 가볍게 검으로 도끼를 잘라 버렸다. 그다음, 레퀴엠이 가볍게 한 발을 내디뎠다. 마치 기간테스로 산책이라도 하는 듯한 부드럽고도 느린 걸음이다.

하지만 이동의 폭은 엄청났다.

순식간에 하이츠의 자이안에 다가갔다.

"뭐, 뭐야!"

그 모습에 하이츠가 깜짝 놀랐다. 하이츠가 그런 감정을 추스르기도 전에 레퀴엠의 검이 자이안을 갈랐다.

동시에 로마노크 요새의 모든 기간테스가 행동 불능 상태에 빠졌다.

홀로 고고히 서 있는 레퀴엠의 몸에서는 여전히 황금빛 광채가 뿜어져 나오고 있었다.

"말, 말도 안 돼……."

"저건 괴물이야!"

"살, 살려줘! 우아아악!!"

사방에서 비명이 터져 나왔다. 이곳은 순식간에 아비규환의 혼란에 빠졌다. 그저 가만히 서 있는 레퀴엠의 모습이 만들어낸 혼란이었다.

전투에서 보여준 그 여유로운 모습과 그에 따른 공포스러운 결과는 그 모습을 본 모든 병사들의 뇌리에 똑똑히 박혔다. 그들은 전력을 다해 사방으로 흩어졌다.

레퀴엠의 몸에서 황금빛 광채가 터져 나오고 불과 6, 7분 후에 일어난 일이다.

'남은 시간은?'

―11분입니다.

아스카론의 대답에 이슈인이 고개를 갸웃거렸다.

'처음 말한 것과 계산이 다른데?'

―전투 중 또 싱크로율이 상승했습니다. 최고 96.37%의 싱크로율이 기록되었습니다. 때문에 애초의 계산에 오차가 발생했습니다.

계산이 달라지긴 했지만 기분 좋은 말이다. 싱크로율이 올랐다고 하는데 싫어할 라이더가 있을까?

"복귀를 생각하면 빠듯하군."

"네?"

아스카론의 존재를 모르는 호크가 이슈인의 중얼거림에

되물었지만 아무런 대답은 없었다. 레퀴엠이 만들어낸 엄청난 결과물에 넋이 나가 있던 호크가 그 중얼거림에 정신을 차린 것이다.

이슈인은 가만히 로마노크 요새를 바라보았다.

"분명 협조 요청은 저곳을 파괴해 달라는 거였지?"

"그렇습니다."

하지만 요새는 멀쩡했다.

대신 요새를 지키던 기간테스들을 쓸어버렸을 뿐이다. 이것도 전공이라면 엄청난 전공이다. 하지만 국왕파 입장에서는 그렇게 크게 볼 수 없는 일이기도 했다.

어차피 공화국의 지원군이기에 귀족파의 병력은 그대로였다. 간접적인 타격일 뿐 직접적인 타격은 아닌 것이다.

"다른 소리 안 나오게 하려면 그래도 저곳을 두드리는 시늉은 해야 할 텐데……."

이슈인은 은근한 눈빛으로 요새를 쳐다봤다.

'남은 투창 세 자루를 던지면 얼마나 손실을 입힐 수 있지?'

─2할 3푼 정도입니다.

'그러면 남는 마나는?'

─저속으로 오직 이카루스의 비행에만 집중한다면 대략 15분 정도 비행할 수 있습니다.

아스카론의 대답에 이슈인은 고민에 잠겼다. 하지만 길지는 않았다. 어차피 결론은 정해져 있지 않던가.

자신이 능력이 있다는 것을 원글로스의 국왕파 인물들에게 보여야 했다.

레퀴엠의 등 뒤로 주홍빛 이카루스가 펼쳐졌다.

천천히 양발이 지면에서 떨어지면서 공중으로 떠올랐다. 귀족파의 병사들은 제발 빨리 사라지라는 간절한 염원이 담긴 눈으로 레퀴엠을 바라보았다.

어느 정도의 높이에 이르자 이슈인이 아스카론에게 말했다.

'저 중에서 식량이 가장 많이 보관된 곳을 찾을 수 있겠어?'

—디텍트 마법을 발동합니다.

소울 슬롯에 꽂힌 아스카론의 몸체가 은은히 빛났다.

잠시 후, 아스카론의 대답이 머리에 울렸다.

—모두 네 곳을 찾았습니다.

'그럼 가장 많은 순서대로 세 곳을 알려줘.'

—파노라마 사이트에 표시하겠습니다.

아스카론의 대답이 끝나자 파노라마 사이트에 보이는 로마노크 요새의 영상 중 일부가 붉게 빛났다. 모두 세 곳이었다.

"저건 뭐지요?"

그 모습이 신기한 듯 호크가 물었다. 이슈인이 싱긋 웃으며 대답했다.

"레퀴엠만의 특수 기능."

대답이 끝날 때쯤 레퀴엠의 오른손에 투창이 들렸다. 몸을 뒤로 한껏 젖힌 레퀴엠은 전력을 다해 투창을 던졌다.

공기를 가르는 소리를 남기고 투창은 붉게 빛나는 세 곳 중 한 곳에 틀어박혔다.

콰쾅!!!

익스플로젼 마법이 발동되면서 거대한 폭발음이 대지를 뒤흔들었다.

실드 마법이 그 충격을 이겨내지 못하고, 요새의 일부가 폭발에 휘말렸다. 실드 마법이 깨진 부분만 휘말렸기에 전체 요새의 크기에 비한다면 피해는 크지 않아 보였다.

두 번째, 세 번째 투창도 날아갔다. 어김없이 커다란 폭발음이 터져 나왔다.

"됐다. 이 정도면 뭐, 인사치레는 되겠지. 돌아가자."

레퀴엠이 서서히 날아가기 시작했다.

귀족파의 병사들은 두려움 가득한 얼굴로 그 모습을 멍하니 지켜보았다.

찬바람에 눈이 흩날렸다.

"휘우. 춥네."

이슈인이 옷깃을 여미며 중얼거렸다. 그런 이슈인의 곁에
불안한 눈으로 사방을 살피는 호크가 있었다.

"괜찮을까요?"

호크가 걱정스레 물었다.

"괜찮아야지."

이슈인이 태평한 얼굴로 대답했다. 그런 두 사람의 뒤로 거
대한 동체가 누워 있었다. 레퀴엠이었다.

아직 이들은 로마노크 평원을 벗어나지 못하고 있었다. 거

의 끝자락에서 레퀴엠의 마나가 비행이 불가능할 정도로 소모된 것이다. 여분의 마나석이 없었기에 마나를 채우기 위해 잠시 이곳에 내렸다.

귀족파 영역의 한가운데에 말이다.

그나마 다행이라면 레퀴엠이 은빛이라는 것이다. 태양빛이 반사하는 새하얀 눈 사이에 묻혀서 멀리서는 쉬이 눈에 띄지 않았다.

이 넓은 평원을 모두 순찰하는 것은 아닐 것이기에 들킬 염려는 거의 없었다.

국왕파와의 내전을 생각하더라도 이곳은 후방에 해당하는 지역이다. 게다가 적들은 레퀴엠의 마나 잔량을 알 방도가 없었다. 그렇게 엄청난 모습을 보이고 유유히 날아서 사라졌으니.

귀족파의 병사들이나 지휘관들은 당연히 그대로 날아서 유니온으로 돌아갔을 것이라 생각할 것이다.

그러니 이곳에서 복귀에 필요한 마나가 채워지기를 기다리기만 하면 된다. 모든 기간테스에는 기본적으로 마나 집적 마법진이 설치가 된다. 기간테스가 기동하는 동안 항상 마법진이 작동하여 마나를 모으게 되어 있다.

단, 움직임을 시작하면 집적되는 마나에 비해 훨씬 많은 마나가 소모되기에 별다른 효과가 없다. 결국 마나 집적 마법진으로 마나를 모으려면 마나 엔진이 예비 기동 상태에 있어야 한다.

그때만이 집적되는 마나의 양이 소모되는 마나의 양보다 많아 마나를 모을 수 있는 것이다. 적어도 하루는 그렇게 보내야 30분 정도 기동할 수 있는 마나가 모인다.

예비 기동으로 나는 낮은 소음이 혹여나 위험하지 않을까 걱정이 되었지만 이곳은 농사가 끝난 겨울의 평원이다. 찾을 이가 없었다.

보통은 그렇다.

그랬기에 이슈인과 호크는 추위 속에서 어떻게든 하루를 버티고 복귀를 하면 된다. 30분 정도 기동할 수 있는 마나라면 저속 비행으로 유니온까지 충분히 돌아갈 수 있었다.

하지만 오늘은 보통에서 벗어난 날이었다.


"으. 춥다. 이렇게 추운데 꼭 이동을 해야 하나요?"

"루안, 엄살 그만 떨어. 이곳이 전에 있던 어퍼 그랜져 산맥 지역보다 훨씬 따뜻하다고."

"네미, 넌 이런 날씨를 따뜻하다고 하는 거냐?"

커다란 덩치의 남자와 귀여운 인상의 여인이 선두에서 다투고 있었다. 그들의 위치는 레퀴엠이 누워 있는 곳에서 대략 2킬로미터 남짓 떨어진 곳이었다. 가늘게 흩날리고 있는 눈발 덕에 이들은 아직 레퀴엠을 발견하지 못했다.

하지만 이슈인은 이들을 발견했다.

그레이트 서클의 완성과 소드 마스터라는 경지 덕에 오감이 놀랍도록 예민해져 그 먼 거리의 대화를 들은 것이다.

"누군가 다가온다. 따라와."

낮은 목소리로 호크에게 말한 이슈인은 최대한 기척을 숨기고 레퀴엠의 몸체 사이로 몸을 숨겼다.

'차라리 폭설이 내리는 것이 나을지도.'

이슈인의 얼굴에 낭패가 어렸다. 하필이면 이럴 때 이곳으로 오는 사람이 있을 줄이야. 그들의 대화로 미루어보아 군의 사람인 듯싶었다.

"그런데 왜 우리의 배치 지역을 바꾼 걸까?"

커다란 덩치의 사나이 루안이 알 수 없다는 듯 고개를 갸웃거렸다. 불과 하루 만에 포털을 타고 이동을 했다. 그리고 지금은 눈으로 덮인 평원을 걸어서 이동하고 있었다.

힘들어도 여간 힘든 것이 아니었다.

"레퀴엠 때문이지."

"그게 무슨 말이야?"

네미의 말을 이해할 수 없다는 듯 루안이 되물었다.

"그건 내가 설명하지."

두 사람의 뒤에서 늘 띠고 있는 미소를 지은 채 걸음을 옮기던 카로니안이 입을 열었다.

"네."

"쉽게 말해, 가서 죽으라는 거야."

싱글싱글 웃는 표정과는 너무나 괴리감이 느껴지는 말을 카로니안은 아무렇지도 않게 했다.

"뭐라고요?"

루안이 성난 얼굴로 되물었다. 다른 라이더들의 얼굴에도 불안한 기색이 물들기 시작했다.

"우리 부대 구성원들 보고 아무런 생각도 못했어?"

"뭘?"

옆에서 들리는 네미의 물음에 루안의 고개가 그리로 돌아갔다.

"우리는 모두 망명자 출신이다."

대답은 카로니안의 입에서 나왔다.

"그게 어때서? 우리도 공화국의 국민이야."

"그렇지. 국민이지, 반쪽짜리 국민."

네미가 씁쓸하게 말했다.

"우리 공화국에 그런 차별이 있다고 생각하는 거야?"

루안이 성난 목소리로 외쳤다.

"타국에서 공화국으로 망명한 우리는 굴러온 돌이야, 공화국에 아무 연고도 없는. 작전을 입안하는 사람들은 공화국의 박힌 돌들이지. 인간이라면 아무래도 친분이 있는 사람들을 조금이라도 덜 위험한 곳에 보내고 싶은 법이지. 그래서 우리 부대 같은 구성의 부대가 만들어진 거야."

카로니안은 아무렇지도 않다는 듯 여전히 웃는 얼굴로 이야기를 했다.

"다른 부대에도 우리 같은 부대들이 있지."

네미가 거들었다. 작전부에 있던 그녀였기에 이런 사정에 밝았다. 그녀는 그 모든 것을 알고 이 부대로 온 것이다.

"젠장."

루안은 연신 애꿎은 땅을 발로 찍어댔다.

"뭐, 너무 그렇게 실망하지 마. 섶을 지고 불속에 뛰어들어서 죽으라는 건 아니니까."

카로니안이 루안의 어깨를 두드렸다.

"그게 뭔 말입니까?"

"우리가 왜 이리 힘들게 걸어서 이동할까, 이 겨울에 말이야?"

카로니안의 물음에 루안은 머리를 긁적였다. 검술과 싸움에 대해서라면 머리가 비상하게 돌아가지만 이런 쪽으로는 그저 두통만 일어날 뿐이다.

"국왕과 눈에 띄면 안 돼서 그런 거야. 이 맹추야."

네미가 끼어들었다.

그 말에 이슈인이 쓴웃음을 지었다.

'그렇다면 이미 띄었어. 내가 불리한 상황이기는 하지만.'

이슈인은 귀에 마나를 집중해 계속해서 이들의 이야기를 듣고 있었다.

'그나저나 저 덩치. 보통 실력이 아닌 것 같은데……'

멀리 있었으나 이슈인은 한눈에 루안의 실력을 알아보았다. 이슈인은 슬쩍 시선을 돌려 자신의 뒤에 숨어 있는 호크를 보았다.

지금은 아직 거리가 있어서 모르겠지만 조금만 더 가까워지면 자신들을 저 덩치가 발견할 것 같았다. 이슈인 자신은 몰라도 아무래도 호크는 기척을 숨기는 것이 서툴렀기 때문이다.

'아스카론.'

—네, 마스터.

'아직은 멀어서 우리를 발견하지 못했지만 가까워지면 분명 발각될 거야. 저들이 눈치채지 못하게 우리를 숨기는 마법이 있을까?'

—일루전과 마나 실드를 사용하면 가능할 것 같습니다.

'부탁해.'

일단 마법의 힘이라도 빌려야 했다.

이슈인의 말이 떨어지기 무섭게 소울 슬롯의 아스카론이 은은히 빛났다. 이슈인은 주변의 마나의 움직임이 변하는 것을 볼 수 있었다. 오직 마나의 움직임이 변했을 뿐, 다른 변화는 없었다.

마법의 발동을 저들이 감지할 일은 없었다. 그 정도로 아스카론이 은밀히 펼친 것이다.

이슈인은 다시 저들의 이야기에 귀를 기울였다.

"일단 우리는 은밀히 최대한 유니온과 가까운 곳으로 이동

해서 매복을 하는 것이 일차 목표야. 그래서 겨울의 평원을 가로지르는 거지. 이때라면 이곳에 사람들이 있을 리 없으니까."

카로니안의 말에 이슈인은 다시 한 번 쓴웃음을 지었다.

'그런 생각은 나도 마찬가지로 했지.'

그런데 이렇게 만나 버렸다. 저들은 아직 모르지만 말이다.

"그곳에는 레퀴엠이 있잖습니까?"

루안이 불만 어린 목소리로 말했다.

"그러니까 가는 거지. 레퀴엠이 왜 자국의 전쟁을 뒤로하고 원글로스로 왔을까?"

"그야 국왕파에 힘을 실어주러……."

"그러면 그냥 유니온에 가만히 있을까?"

"아니죠. 발바닥에 땀나도록 뛰어야죠."

"그러면 유니온엔 레퀴엠이 없지."

"아!"

반복된 대화를 나눈 끝에 루안이 깨달았다는 듯 탄성을 터뜨렸다. 그러나 다시 얼굴이 딱딱하게 굳었다.

"그래도 유니온인데?"

그랬다.

아무리 레퀴엠이 없다 해도, 국왕파의 최후의 보루인 유니온이다. 그곳에 있는 병력이 녹록할 리 없었다.

"내가 처음에 뭐랬지?"

"가서 죽으라고……."

루안의 대답에 카로니안이 고개를 끄덕였다. 그는 여전히 웃고 있었다.

"그러니까, 섶을 지지는 않았지만 불속에는 뛰어들란 말이지."

네미가 간결하게 정리했다.

"젠장."

다시 욕설이 루안의 입에서 튀어나왔다.

"누군가는 해야 할 일이다. 후방이 불안해지면 아무리 레퀴엠이라도 마음대로 날뛰지는 못할 테니까. 그래서 공간 이동 스크롤 카드도 넉넉히 보급이 내려왔다고."

카로니안의 말에도 이들의 얼굴은 펴지지 않았다. 스크롤 카드가 떨어지는 순간이 최후의 출격이 될 것이라는 것을 알았기 때문이다.

부하들의 어두운 얼굴에도 카로니안은 웃었다.

"쩝. 내가 그렇게 못 미더워? 내게 레퀴엠이 없어서 그렇지, 나도 기간테스 운용은 자신있다고. 브리트라면 그렇게 호락호락 당하지 않아. 내 별명 잊었어?"

"스마일이요?"

부하들 기를 살리려는 카로니안의 말에 루안이 피식 웃으며 답했다.

"데몬 스마일이겠지."

네미가 끼어 들었다. 네미의 말에 이들의 얼굴이 딱딱하게 굳었다.

잊고 있었다. 대장의 진정한 별명을 말이다.

"반쪽 라이더도 있지만 말이야."

카로니안이 자조적인 목소리로 말했다. 그런 와중에도 눈은 웃고 있으니 과연 스마일이라는 별명이 붙을 만했다.

"에이. 그런 바보 멍청이들 말에 무슨 신경을 그렇게 써요. 그래서 내가 있잖아요."

루안이 가슴을 팡팡 치며 외쳤다.

"사람이라면 당연히 겁이 무서운 법이지요. 자기 살이 잘릴 줄 아는데 누가 겁을 안 먹겠어요."

어느새 카로니안의 옆에 다가온 루안이 그의 어깨에 팔을 걸치며 말했다. 어느새 그도 미소 짓고 있었다. 공화국에 대한 서운함은 사라져 있었다.

자신이 믿고 자신의 목숨을 맡긴 대장 때문이었다.

카로니안은 신기한 라이더이자 군인이었다.

폭력과 칼을 무서워했으니까. 모든 사람이 말했다, 그는 군인이 될 수 없다고. 하지만 메틀라인에서 망명해서 할 수 있는 일이 없었다. 그나마 말단 병사라도 되면 배는 곯지 않을 수 있었다. 그랬기에 국경의 병사에 자원했었다.

쓸모없는 병사 취급을 받던 카로니안의 인생이 달라진 것은 그야말로 우연이었다.

국경의 기간테스 콕피트를 청소하던 중 우연한 일로 그 기간테스를 움직이게 되었고, 그때 라이더의 재능에 눈을 떴다. 그리고 라이더 양성 과정을 거쳐 브루트의 라이더가 된 것이다.

객관적으로 제스터를 제외하고 라이더의 능력만 따진다면 카로니안이 최고였다.

기간테스를 움직이기 시작하면 그는 정말 다른 사람이 된 것처럼 기간테스를 운용했다. 검이 무서워 진검은 제대로 들지도 못하는 인물이 맞을까 싶은 변화다.

기간테스를 운용할 때의 카로니안은 상대에게 잔인한 면도 있었다. 그래서 얻은 별명이 데몬 스마일인 것이다. 하지만 맨몸일 때는 길거리에 있는 보통 사람이었기에, 반쪽 라이더라고 놀리는 이들도 있었다.

주로 카로니안에게 처참하게 패배한 이들이 그렇게 불렀다.

그 모든 것이 카로니안의 과거와 관련되어 있었다.

그사이 이슈인과 그들 사이의 거리는 오백 미터 내외가 되었다. 이슈인은 그들의 얼굴을 똑똑히 볼 수 있었다. 그들은 아스카론의 마법 때문에 이슈인을 발견하지 못했다.

이슈인은 고개를 살짝 갸웃거렸다. 낯이 익지는 않았지만 어디에선가 본 듯한 인물이 있었다. 저들이 대장이라고 부르는 눈웃음을 짓고 있는 인물. 분명 본 적이 있는 것 같았다.

언젠가 본 기억이 있었다, 저렇게 늘 웃고 있는 사람을.

'단지, 무척이나 슬픈 웃음이라고 생각했었지.'

가만히 생각하니 저런 웃음 역시 본 적이 있었다.

'언제였지?'

아득한 기억의 한구석에 있는 일이었다. 그렇게 주의 깊게 본 것도 아니었기에 보통이라면 떠올리지 못할 일이다.

하지만 아크가 걸어준 메모리 리서시테이션이라는 마법이 이슈인의 어릴 적 기억까지 명확하게 만들어주었다. 덕분에 기억을 더듬자 그의 얼굴을 떠올릴 수 있었다.

'그 아이였어.'

카로니안.

성이 없이 이름만 있는 하인.

분명 칼버튼의 전속 하인이었다. 늘 웃고 있던 아이. 칼버튼의 모진 구박과 폭력에도 늘 웃었다. 그랬기에 그 미소는 너무나 슬퍼 보였었다.

아카데미 3학년이 됐을 때 도망갔다는 소리를 들었다.

그때는 이슈인 역시 검술에 대한 고민이 많을 때라 대수롭지 않게 생각했었다. 단지 슬픈 미소만 인상에 남았을 뿐이었다.

'도망쳤다고 하더니… 벨런시아 공화국으로 넘어갔었구나…….'

벨런시아 왕국이 무너지고 벨런시아 공화국이 수립된 것은 대륙력 2045년 11월의 일이다. 이슈인이 아카데미 3학년이던 때가 2047년으로, 공화국에 대한 소문이 대륙에 한창 퍼지며 각지의 농노나 평민들이 망명을 결행하던 때였다.

'너도 그들 틈에 들어갔었군.'

이슈인은 가만히 카로니안을 바라보았다.

"그런데 대장, 그렇게 칼이 무서워서야 대장이 늘 만나야 한다던 그 사람을 만나서 복수나 제대로 하겠어요?"

루안이 카로니안을 보면서 물었다.

"괜찮아. 그는 지금 라이더가 되었을 테니까."

그 말을 할 때의 카로니안의 미소에는 스산한 기운이 어렸다.

그렇게 그들은 이슈인과 호크가 있는 곳을 지나쳤다. 레퀴엠의 발끝 부분을 지날 때, 루안이 잠시 멈춰 고개를 갸웃거렸다.

"왜 그래?"

"아니, 뭔가 있는 것 같아서."

자신의 물음에 답한 루안의 말에 네미는 그 근처를 둘러보았다. 그저 하얗게 변한 평원이 펼쳐져 있었다.

"뭔가가 있을 리가 없잖아."

"그래."

네미의 말에 루안은 고개를 끄덕이며 길을 재촉했다.

이슈인은 숨을 죽이고 그 모습을 바라보았다. 호크 역시 마찬가지였다.

'생각보다 감이 더 예민하군.'

이슈인이 호크를 살짝 쳐다보며 생각했다. 분명 호크의 기척을 느낀 것이리라. 아스카론 덕에 저들을 속여 넘길 수 있었다.

"복수라……."

이슈인은 담담히 중얼거렸다.

그 대상은 명확하다. 그랬기에 안타까웠다.

*      *      *

"푸하하하하하!"

콕피트가 우렁찬 웃음으로 쩌렁쩌렁 울렸다. 웃음을 터뜨리는 인물의 얼굴은 성취감으로 가득 차 있었다.

드디어 날아올랐다는 스스로에 대한 자부심.

그는 큰 웃음을 멈추고는 미소를 띠었다. 설마 자신이 이렇게 빨리 날아오르리라고는 생각지도 못했다. 그런데 실제로 훈련을 받아보니 의외로 쉽게 감을 잡을 수 있었다. 그리고 불과 일주일 만에 이렇게 창공 한가운데 떠 있었다.

"기다려라, 이슈인."

그렇게 랩터2 윙의 정식 라이더가 된 칼버튼은 미소를 짓고 있었다.

이미 훈련 중간에 찾아온 형에게서 대략의 이야기를 들었다. 바첼러 백작가를 견제하기 위해, 그리고 국왕의 세력을 견제하기 위해 자신이 원글로스로 갈 수 있다고.

그러기 위해서는 우선 랩터2 윙을 자유자재로 움직여야 했다.

오늘 이렇게 비행에 성공했다. 이제 다음 훈련은 식은 죽 먹기다. 이렇게 단숨에 날아오르는 것이 어려워 다들 지상에서 그렇게·고생하며 훈련을 하는 것이다. 일단 한 번 날아오르면 그다음은 쉬웠다.

칼버튼은 착륙 후 즉시 다음 단계의 훈련을 받았다.

예상대로 쉬웠다.

비행에 재능이 있을 것이라는 것을 스스로도 몰랐기에 점점 더 자신감이 가득해져 갔다.

공중전은 쉬웠다. 지상에서 기간테스를 운용하는 것보다 훨씬 편했다. 싱크로율도 좋았다. 지상에서의 운용보다 공중에서의 운용이 싱크로율이 더 좋은 특이한 경우였다.

그렇게 추가로 사흘의 훈련을 더 받았다. 원래 일주일의 예정이었지만 칼버튼의 습득력이 워낙에 뛰어나 불과 사흘 만에 끝낸 것이다.

그리고 이제 원글로스로의 파견 명령을 기다리고 있었다.

칼버튼의 원글로스 파견에 대해서 귀족 회의에서 격론이

벌어졌다. 이미 레퀴엠이 가 있는 상황에서 굳이 소중한 자원인 윙 기간테스 라이더를 추가로 파견해야 하느냐가 논쟁의 주된 핵심이었다. 그리고 한 기의 랩터2 윙의 추가 지원은 그다지 실효성이 없다는 것 또한 이유였다.

하지만 결국은 파견하기로 결정되었다.

국왕의 세력을 견제하려는 귀족파의 조직적인 움직임 덕분이었다.

공화국과 전쟁을 벌이고 있는 이 상황에서 더 이상 내부의 분열이 일어나서는 안 되었기에 칼버튼의 원글로스 파견을 결정한 것이다.

칼버튼이 포털을 이용해 원글로스에 도착한 것은 이슈인이 로마노크 평원에서 돌아오기 직전이었다. 예상과 달리 하루의 마나 집적으로 유니온으로 돌아가지 못했기에, 일정이 하루 늘었다.


유니온의 왕궁에 돌아온 이슈인은 칼버튼을 만날 수 있었다.


"훗. 이제 네 마음대로 날뛰지 못할 것이다."


칼버튼과 마주쳤을 때 그가 비틀어진 미소를 지으며 이슈인에게 건넨 말이었다.

이슈인은 피식 웃는 것으로 그에 대한 대답을 대신했다. 칼버튼의 얼굴이 일그러졌음은 당연한 일이다.

복도에서 칼버튼과 지나친 이슈인은 곧장 작전 사령부로 향했다.

이번 출격 결과에 대한 보고를 하기 위해서였다. 이미 소식은 들어갔을 것이다. 서로 간에 수없이 많은 첩자를 보내놓은 상황일 테니 말이다.

"오, 왔는가?"

문을 열고 들어서자 브라이트 백작이 반색을 하며 반겼다. 그 표정만 보아도 소식을 들었음을 알 수 있었다.

"이제 막 귀환했습니다. 늦어서 죄송합니다."

"아니, 아니야. 그렇게 대단한 성과를 올렸는데, 그게 무슨 대수인가. 그것도 마나석을 충분히 제공하지 못한 우리 탓 아닌가. 앞으로는 그런 일이 없을 걸세."

역시 실력을 보이니 대우가 달라졌다. 반신반의하던 원글로스 국왕파의 귀족들 모두 이제는 이슈인을 인정할 것이다.

"예상보다 방어 병력이 많아 충분한 성과를 올리지 못했습니다."

"그래. 로마노크 요새는 그런대로 건재하다고 하더군. 그게 조금 아쉽기는 하네. 그곳의 식량을 모두 없앴으면 데루트 공작에게 상당한 타격을 줄 수 있었을 텐데 말이네."

브라이트 백작이 아쉬운 속내를 드러냈다. 그 모습에 살짝 불쾌했지만 이슈인은 참았다. 이미 어느 정도 예견한 일이었기 때문이다.

"그래도 대단했네. 벨런시아의 기간테스를 그렇게 쓸어버리다니 말이야."

브라이트 백작은 모른다. 이슈인이 어떻게 기간테스들을 처리했는지 말이다. 그러니 저런 반응을 보이는 것이다.

만약 그 현장을 생생히 보았다면 결코 저럴 수 없었다.

지금 그의 반응은 그저 쓸 만한 패를 하나 얻었다는 그런 모습이다.

"다음에는 좀 더 제대로 하도록 하겠습니다."

이슈인이 쓴웃음을 지으며 억지로 입을 열었다.

왜 이 나라가 이렇게 갈라져서 싸우는지 조금은 이해할 수 있을 것 같았다.

"아, 메틀라인에서 추가로 윙 기간테스 한 기가 더 증원되었네. 라이더의 이름이 칼버튼 카인 라이오네라고 하던데."

"오다가 만났습니다."

"그래? 그럼 잘 부탁하네."

"네."

"그럼 다음 요청이 있을 때까지는 푹 쉬게."

"그럼."

이슈인은 인사를 하고 작전 사령부를 나서려 했다. 그러다가 멈췄다. 복귀 중 만난 이들의 이야기가 떠오른 탓이다.

"유니온의 방비는 충분합니까?"

"그건 왜 그러는가?"

갑작스러운 이슈인의 물음에 브라이트 백작이 되물었다.

"어쩌면 제가 없을 때 별동대가 습격할지도 모릅니다."

이슈인의 말에 브라이트 백작의 얼굴에 불쾌한 기색이 어렸다. 그 말이 마치 내가 없으면 당신들은 막지 못할 것이다라는 투로 들렸기 때문이다.

"훗. 그런 걱정은 접어두게. 충분히 방비하고 있으니."

유니온은 국왕군의 최후의 보루나 다름없는 곳이다. 당연히 철저히 방비가 되어 있을 것이다.

이슈인도 그 사실을 알고 있었다. 하지만 알고 당하는 습격과 모르고 당하는 습격은 그 피해가 달랐다.

"그중 웡 기간테스가 있을지도 모를 일입니다."

이슈인은 딱 거기까지만 말했다.

마음 같아서는 로마노크 평원의 끝자락에서 자신이 겪은 일을 이야기해 주고 싶었다. 하지만 그랬다가는 오히려 왜 그들을 처리하지 않았냐고 할 것 같았다. 그때의 상황 자체가 전투가 불가능한 상황임에도 말이다.

오늘 복귀 보고에서 보인 브라이트 백작의 모습으로 미루어 충분히 그럴 것 같았다. 다른 귀족들과는 달리 정신이 바로 박힌 이라 생각했으나 그에 대한 평가는 수정해야 할 것 같았다. 그 역시 원글로스의 귀족이었다.

작전 사령부를 나온 이슈인은 자신의 방으로 돌아왔다. 호크는 없었다. 잠시 쉬라고 이야기를 해두었는데 어딘가로 사라졌다.

이슈인은 신경 쓰지 않고 침대에 몸을 누였다.

이번은 그 역시 상당히 피곤했다. 푹신한 침대에 몸을 맡기자 눈이 스르르 감긴다. 이슈인이 사흘 만의 단잠에 빠져들 무렵, 호크는 자신이 겪은 무용담을 동기들에게 쏟아내느라 정신이 없었다.

# CHAPTER 4
## 잊을 수 없는 악연과의 대면

원글로스의 전장은 공포와 환희로 뒤덮였다.

전날 있었던 레퀴엠과의 전투에 대한 소문이 급속도로 퍼지고 있었기 때문이다. 레퀴엠과 한편인 국왕군에게는 환희가, 반대편인 귀족군에게는 공포가 퍼지고 있었다.

레퀴엠이 보여준 그 엄청난 위력은 충분히 그런 현상을 불러일으킬 만했다.

레퀴엠에게 가장 환호하는 이들은 유니온에 모여 있었다. 바로 호크 때문이었다. 호크의 무용담을 들은 종자들이 여기저기에 계속해서 소문을 퍼뜨렸고, 소문은 점점 살이 붙어갔다.

결국 레퀴엠은 지상 최강의 기간테스가 되어 원글로스 국왕군의 희망의 빛으로 바뀌어 있었다.

유니온에서는 그야말로 단 하룻밤 만에 벌어진 극적인 변화였다.

그런 소문은 물론 고위층에게도 들어갔다. 가이나트 국왕의 귀에 들어갔음은 너무나 당연한 일이다.

"빌어먹을. 그런 말도 안 되는 소문을 믿다니."

그리고 여기, 레퀴엠에 대한 소문에 굉장히 불쾌해하는 한 인물이 있었다.

칼버튼이었다. 그의 표정은 무척이나 불만에 가득 차 있었다. 이슈인의 활약이 마음에 안 드는 것이다. 그럼에도 꾸준히 발걸음을 놀리고 있었다.

아침 일찍 국왕군의 총사령관인 브라이트 백작이 잠시 보기를 원한다는 전갈을 보냈기 때문이다. 그 와중에 사방에서 수군거리는 사람들의 소리를 들었다.

자신을 보필하라고 원글로스에서 붙여준 종자 녀석마저도 두 눈을 반짝이며 그 이야기에 귀를 기울이고 있으니 칼버튼의 기분이 좋을 리 없었다. 그사이 칼버튼은 총사령부 문 앞에 도착했다.

가볍게 노크를 하고 안으로 들어섰다.

"오, 왔는가?"

브라이트 백작이 칼버튼을 반겼다. 어제와는 확연히 다른 모습이다.

'쳇. 이것도 레퀴엠 때문인가?

불과 하루 사이에 변한 브라이트 백작의 태도도 마음에 들지 않았다. 박대를 해도 불만이었고, 환대를 해도 불만이었다. 이것이 전부 이슈인과 연관이 되어 있는 탓이다.

하지만 칼버튼이 오해하고 있는 것이 있었다. 브라이트 백작은 총사령관이다. 레퀴엠이 올린 성과에 대해서는 누구보다 정확하고 객관적으로 알고 있었다. 그런 그가 소문 때문에 칼버튼에 대한 태도를 바꿀 리 없는 것이다.

"어쩐 일로 이렇게 아침 일찍 부르신 겁니까?"

생각은 어떻든 그의 표정에 어린 불만은 어느새 사라지고 없었다. 대신 무척이나 호의적인 얼굴로 브라이트 백작을 바라보았다. 칼버튼 역시 귀족이다. 감정과 전혀 다른 표정을 보이는 데 어느새 능숙해져 있었다. 그도 더 이상 아카데미 시절의 애송이가 아닌 것이다.

"어제 막 도착해서 피곤할 테지만 부탁이 있어서 그러네."

"말씀하시죠."

브라이트 백작이 권한 자리에 앉은 칼버튼은 시종이 가져다 놓은 찻잔을 들며 말했다.

"벨런시아 공화국에서 반란군 녀석들에게 지원한 부대 중 일부가 은밀히 이곳 유니온으로 접근한다는 정보가 있네."

브라이트 백작의 말에 칼버튼은 고개를 갸웃거렸다.

"그래 봐야 고블린이 오우거에게 덤벼드는 꼴이 아닐까요? 은밀히 움직이는 별동대 정도에게 어떻게 될 유니온이 아닌 것으로 압니다만."

칼버튼의 대답에 브라이트 백작은 당연하다는 얼굴로 고개를 끄덕였다.

"물론이지. 하지만 말일세, 그중에 윙 기간테스가 한 기 포함되어 있다면 조금 난감해진다네. 공중에서 치고 빠진다면 우리로서는 손쓸 방도가 없거든."

그리고는 칼버튼을 빤히 쳐다보았다. 의도하는 바는 뻔했다.

"제가 그들을 막아주기를 바라시는 겁니까?"

브라이트 백작의 머리가 상하로 움직였다.

"레퀴엠이 있잖습니까?"

"자네가 왔기에 자네에게 부탁을 하는 거네."

브라이트 백작이 신뢰의 눈빛을 보내며 말했다. 사실 어제 이슈인에게서 윙 기간테스가 포함되었을지도 모를 별동대가 접근한다는 말을 들었을 때 떠올렸다. 외부에서 온 녀석들은 그들끼리 붙여주겠다고 말이다.

물론 칼버튼에게는 그런 속내를 전혀 비추지 않았다. 잘 아는 정보통을 통해 칼버튼이 이슈인에게 열등감을 가지고 있다는 이야기를 들었다. 그랬기에 그를 부추기기 위해 이렇게 말을 하는 것이다.

"어떻게 하면 되겠습니까?"

"마나석은 충분히 공급하겠네. 유니온을 중심으로 반경 5킬로미터 정도를 비행하며 감시해 주게. 그리고 적이 나타났을 때는 자네 판단에 따라 공격을 해도 좋네. 물론 우리에게는 알려주고."

결국은 하루 종일 유니온 상공을 뱅글뱅글 돌고 있으라는 소리다.

테이블 아래에 있는 왼손의 주먹에 힘이 들어갔다. 하지만 적의 윙 기간테스와 전투를 치를 수도 있다는 사실에 마음을 다르게 먹었다. 적어도 공중전에 있어서는 자신이 이슈인보다 뛰어나다는 것을 보여주고 싶다는 치기 어린 생각 때문이다.

"알겠습니다."

"그럼 오늘 오후부터 잘 부탁하네."

그 말을 끝으로 칼버튼은 자신의 방으로 돌아갔다. 그리고 순찰 비행을 위한 준비를 했다. 별것없었지만 바빴다. 일단 유니온 주변의 지형을 제대로 파악하고 있어야 했다. 지도를 펼치고 자신의 종자로 배정된 예비 라이더에게 이것저것 물으면서 익혔다.

그사이 이슈인이 브라이트 백작에게 불려갔다.

그리고 새로운 목표를 전달받았다. 출격은 내일 아침이었다.

'훗. 아주 제대로 부려 먹는군.'

능력을 보여주니 이번에는 최대한 굴리려 하고 있었다. 그나마 이번에는 마나석을 충분히 지원해 준다는 것이 다행이라면 다행일까.

이슈인은 방으로 돌아와 마저 휴식을 취했다. 그 틈틈이 호크에게 검술이라던가, 기간테스의 운용에 대한 조언을 해주었다.


＊　　　＊　　　＊


"원글로스에서 소식은 들어왔는가?"

"네."

엠피엘 국왕의 물음에 이안이 답했다.

"어떤가?"

"일단은 그쪽도 소강상태에 접어든 것 같습니다. 아무래도 레퀴엠이 있기에 섣불리 움직이기는 힘든 모양입니다."

"우리 쪽은 어떤가?"

"벨런시아 공화국에서도 별다른 움직임이 없습니다."

"음……."

메틀라인 왕국과 벨런시아 공화국의 전쟁이 마치 원글로스에서 펼쳐지는 것과도 같은 양상이다. 원글로스에 레퀴엠을 보내는 때와 비슷한 시기에 양국의 전쟁이 소강상태에 접

어들었다. 소규모 국지전은 종종 벌어졌지만 전투다운 전투
는 없었다.

"경들은 왜 그렇다고 생각하시오?"

엠피엘 국왕이 회의장에 모인 귀족들을 둘러보며 물었
다.

"……."

아무런 대답이 없었다. 이안마저도 입을 꾹 다물고 있었
다.

대체 공화국에서 어떤 생각을 가지고 있는지 백방으로 알
아보고 있지만 도통 알아낼 수가 없었다. 지금의 소강상태가
오히려 불안하게 만들고 있었다.

폭풍 전야의 고요와도 같은 불길함이 가득한 대치였다.

블러드에 대해 모르는 이상 누구도 그 원인을 알 수 없었
다.

'제스터 경이 완벽해지는 순간, 전쟁은 끝이 보일 것이오.
후후.'

회의장을 둘러보며 눈을 빛내는 인물. 그는 걱정스러운 표
정을 유지한 채 아무도 모르게 속으로만 웃음 지었다. 그 누
구도 그 사실을 알아차릴 수 없었다. 그의 얼굴은 왕국을 걱
정하는 충신의 그것이었기에.


＊　　　＊　　　＊

마나드리안 협곡.

유니온에서 대략 20킬로미터 정도 떨어진 곳에 위치한 한 협곡의 이름이다. 평원의 한가운데 존재한 유니온 주변에 어떻게 이런 지형이 있을 수 있을까란 의문이 들 정도로 깊은 협곡이었다. 전해지는 말에 따르면 대략 천 년쯤 전에 마나의 대폭발로 인한 지진이 일어나면서 만들어진 협곡이라고 했다.

이렇게 땅을 갈라놓을 정도의 마나 폭발의 원인이 무엇인지에 대해서는 아직도 학자들 사이에서 논쟁거리로 남아 있었다.

그 협곡에 카로니안 일행이 있었다.

"대장, 대체 이곳에서 브루트를 꺼내놓고 뭐 하는 거요?"

루안은 협곡의 한 곳에 쪼그리고 앉아서 큰 소리로 외쳤다. 그 방향에는 브루트가 당당한 모습을 드러내고 있었다.

"우리가 살 확률을 높이려는 거야!"

아직 닫히지 않은 콕피트를 통해 카로니안의 외침이 들렸다.

"쳇. 그런다고 방법이 나나."

"이곳으로 오기 전에 제스터 대장을 잠깐 만났는데 재미있는 이야기를 들었거든."

그 말을 하는 제스터의 얼굴은 비장하기 그지없었다. 극심한 피로에 전 얼굴이었지만 두 눈만은 형형히 빛나고 있었다.

"뭔데요?"

네미가 흥미를 보이며 끼어들었다. 그때 카로니안은 콕피트에서 내려왔다. 이미 세 시간은 그곳에 있었던 터다.

"레퀴엠 이야기."

카로니안의 대답에 다들 흠칫했다.

"모두 소문은 들었지, 레퀴엠이 피어스 브레이크를 사용한다는 걸."

"말도 안 되는 소문이죠."

루안이 믿을 수 없다는 얼굴로 투덜거렸다. 그러나 카로니안은 고개를 저었다.

"제스터 대장이 그것에 당했대."

"네에?"

모두의 두 눈이 홉떠졌다. 누구도 몰랐던 일이다. 카로니안이 제스터가 무척이나 아끼는 라이더였기에 직접 들을 수 있었던 사실이다.

"그럼 최근에 제스터 대장이 보이지 않았던 건……."

네미가 말끝을 흐렸다.

"그래. 디스토션으로 피어스 브레이크를 사용할 수 있는 수련을 하고 있어."

카로니안도 블러드에 대해서는 몰랐다. 그것은 극비 중의 극비였기에 그에게 말해주지 않은 것이다.

"그게 가능한 일이에요?"

네미가 호기심 가득한 얼굴이 되어 물었다.

"일단 실마리는 찾았다고 하시더군. 가르쳐 주셨어."

"역시 우리 대장이우. 크크. 제스터 대장의 후계자다워요."

루안이 기분 좋은 듯 웃었다.

"그러면 뭐 해. 지금 우리가 어디로 가고 있는지 잊었어?"

"쳇. 분명 나벨 그 자식이 수작을 부린 거야."

루안의 표정이 금세 험악해졌다.

나벨은 카로니안을 라이벌로 생각하고 있었다. 그의 기간테스 운용 실력이 카로니안에게 훨씬 못 미친다는 것이 중론이지만 말이다.

"그런데, 대장은 일단 검술을 제대로 못 펼치잖아요. 피어스 브레이크도 사용하지 못할 텐데, 기간테스로는 가능하다는 말이에요?"

"진검은 그렇지만 목검은 다르지. 기간테스를 운용할 정도의 마나를 지니고 있다는 사실을 잊은 거야?"

"쳇. 사람한테는 사용 못하는데, 뭐."

"그래서 성과는 있어요?"

루안의 말을 무시하고 네미가 물었다. 카로니안이 웃으며 고개를 끄덕였다.

"이미지 트레이닝 결과로는 할 수 있을 것 같아."

"역시. 제스터 대장이 자신의 노하우를 전수할 만해요, 카로니안 대장은."

네미가 감탄한 얼굴로 말했다. 카로니안은 그저 싱긋 웃었다.

"내일은 이곳을 떠나서 제대로 접근하도록 하자고. 이곳을 떠나면 이제 기간테스를 숨길 곳이 없으니까. 일단 내가 먼저 소환하고 시간을 번 것으로 시작하지."

이제 작전 시행까지 하루 남았다.

그리고 오늘 오후부터 유니온 주변으로 랩터2 윙이 날아다니기 시작했다.

*          *          *

"제스터는 어떤가?"

박스터가 엥겔스에게 물었다.

"그게 쉽지 않은 모양입니다."

"기본 운용은 거의 가능하다는 소식을 들었는데?"

"현재 브루트 세 기를 상대로 전투 운용을 연습 중입니다. 공중전을 포함해서요. 아직 본인이 만족스럽지 않은 모양입니다. 이대로는 절대 레퀴엠을 이길 수 없다고 하더군요."

"신중하군."

박스터가 턱을 괴며 중얼거렸다.

"그만큼 패배의 충격이 컸었던 것일 테지요."

"다른 준비는?"

"거의 완벽합니다."

박스터가 고개를 끄덕였다.

"그렇다면 메틀라인 왕국을 좀 더 흔들어놓으면 좋을 텐데… 메틀라인을 원글로스처럼 쪼갤 방법이 없을까?"

엥겔스가 고개를 저었다.

"엠피엘 국왕이 상당히 오래전부터 자신의 힘을 강화시켜 온 터라… 더구나 이번 전쟁으로 그의 입지가 더욱 공고해졌습니다."

"우리가 그를 도와준 꼴인가? 하지만 그만큼 불만 세력이 있을 텐데?"

"하이드론 공작과 그 일파가 있습니다만, 현재로서는 힘이 절대적으로 부족합니다."

"재미있군."

박스터의 입가에 미소가 어렸다.

"네?"

"우리가 치고 들어갈 때 하이드론 공작이 함께 움직인다면?"

"그가 국왕과 반대편에 있다고 하나, 그는 **뼛속까지 귀족**입니다. 우리가 승리하면 메틀라인이 우리에게 흡수되어 공화정의 지배하에 놓이게 될 텐데, 그가 수락할 리 없습니다."

"국왕의 자리라면 어떨까?"

박스터의 말에 엥겔스가 고민하는 얼굴을 했다.

"메틀라인의 전 국토 중 2할 정도를 주고 그곳에 그의 왕국을 세울 수 있게 해준다면 말이야."

"그는 바보가 아닙니다. 그 후 우리에게 언제 먹힐지 모르는데 수락할 리가 없습니다."

엥겔스의 대답은 여전히 같았다.

"제대로 된 귀족이라 이거로군."

"그렇습니다."

박스터가 고민에 잠겼다.

"혹 그의 아들은 어떤가?"

고민 후 박스터가 꺼낸 말이었다.

"큰 아들은 그 못지않은 야심가라 하더군요."

"그렇다면 그에게 한번 접촉해 봐."

"네?"

엥겔스가 되물었다.

"젊은이의 야망은 때로는 먼 곳을 보는 눈을 가리기도 하는 법이거든. 혹자가 혈기라고 부르기도 하는 그것이 말이야. 후후."

"알겠습니다."

소강 국면이 펼쳐지는 와중에도 공화국에서는 음모가 착착 진행되고 있었다.

                    *         *         *

태양은 오늘도 변함없이 떠올랐다.

09시 30분.

이슈인은 호크와 함께 레퀴엠으로 출격했다. 새로운 작전 지역을 타격하기 위해서였다. 이번에는 마나석도 넉넉하게 챙겼고, 호크의 공간 이동 스크롤 카드 역시 챙겼다.

호크의 얼굴은 상기되어 있었다. 이번 작전의 활약에 대한 기대감이 가득한 표정이다.

"호크, 우리는 전쟁하러 가는 거다."

"네."

이슈인의 주의에 표정이 가라앉기는 했지만 그의 두 눈은 여전히 기대감으로 반짝였다.

레퀴엠이 날아오르고 잠시 후, 칼버튼의 랩터2 윙이 날아올랐다. 그의 얼굴에는 약간의 피로가 엿보였다. 어제 오후 무려 다섯 시간 동안 쉬지 않고 주변을 살피며 날았다.

상당한 집중력과 체력이 요구되는 일이다. 그럼에도 칼버튼은 조금의 내색도 않고 오늘 다시 날아올랐다.

라이더로서 조금은 성숙한 모습이었다.


10시 정각.

카로니안 일행이 유니온 반경 10킬로미터 위치에 도달했다. 그들은 육안으로도 랩터2 윙을 볼 수 있었다.

"쳇. 윙 기간테스가 한 기 더 왔나?"

"랩터2 윙이라는 기종인 모양이야."

루안의 투덜거림에 네미가 답했다.

"어쩌죠, 대장?"

루안이 카로니안을 돌아보며 물었다.

"레퀴엠이 날아가는 모습은 이미 망원경으로 확인했다. 기회라면 지금뿐이야."

"그래도 저 자식이 있는데……."

루안이 하늘을 가리키며 말했다.

"오늘은 일단 나 혼자 치고 빠져야 할 것 같군."

카로니안이 조용히 중얼거렸다.

모두의 시선이 카로니안을 향했다.

"이곳에서 기간테스를 소환해서 유니온까지 가기에는 너무 멀어. 내가 공중에서 요격하는 것이 나을 거야."

반박할 수 없는 말이다.

"하지만 저 자식 때문에 딜레이 타임을 무사히 넘길 수 있겠수?"

루안이 여전히 날고 있는 랩터2 윙을 가리키며 말했다. 카로니안의 시선이 네미를 향했다. 네미는 깊은 눈으로 랩터2 윙의 궤적을 주시하고 있었다.

10분 후 네미가 입을 열었다.

"저 랩터2 윙은 유니온의 중심에서 반경 5킬로미터 정도의 원을 그리면서 비행하고 있어요. 그러면 대략 31.4킬로미터 정도를 날고 있는 거죠. 정보국의 정보로는, 저들의 바톤 윙의 최고 속력은 시속 300킬로미터예요. 그러니까 대략 6분에 한 바퀴를 돌고 있는 거예요."

"6분이면 충분하네."

루안이 안심한 듯 중얼거렸다.

"이곳에서 정반대편에 도달했을 때 즉시 소환하면 2분의 시간이 있는 거로군."

카로니안이 고개를 끄덕였다.

"네? 3분이 아니고 2분이요?"

루안이 고개를 갸웃거렸다.

"그럼 넌, 눈앞에 적이 있는데 똑바로 가지 않고 빙 둘러서 갈래?"

네미의 핀잔에 루안은 머리를 긁적였다. 바로 질러서 오면 대략 10킬로미터 정도였고 그러면 2분 정도 걸렸다.

"좋아. 때를 봐서 바로 소환하지. 너희들은 물러서 있어."

이것은 명령이었다.

카로니안의 지시가 떨어지자 네미가 부하들을 인솔하여 멀리 떨어졌다. 부하들이 충분한 거리를 확보하고 랩터2 윙이 가장 먼 곳에 가는 타이밍을 맞추기까지 40분의 시간을 기다려야 했다.

랩터2 윙이 정반대편에 위치하는 순간 카로니안은 빠르게 브루트를 소환하고 콕피트에 올랐다.

"응?"

그 모습은 당연히 칼버튼의 눈에 띄었다. 멀리서 보이는 기간테스의 모습에 칼버튼은 전력으로 날았다.

"30초면 충분해."

그렇게 중얼거린 카로니안은 양손으로 마나 제어구를 잡았다. 그리고 제어구에 힘껏 자신의 마나를 불어넣었다. 그리고는 자신이 날고 있는 마나 호흡법대로 마나를 움직이기 시작했다.

그것은 이슈인이 레퀴엠에게 사용하는 것과 거의 유사한 방법이었다.

이것이 바로 제스터가 자신의 딜레이 타임을 줄이는 비결이었다. 일정 이상의 싱크로율이 필요했기에 그가 이 방법을 정확히 전수한 이는 카로니안이 유일했다.

던전에서 발굴된 설계도로 만든 마나 엔진이다. 덕분에 딜레이 타임이 1분이 채 안 되게 짧았다. 그것을 카로니안은 제스터가 가르쳐 준 방법으로 불과 30초로 만들어 버린 것이다.

30초는 금세 흘렀다.

그리고 브루트의 등 뒤로 핏빛 날개가 활짝 펼쳐졌다.

"뭐야? 저건."

칼버튼이 깜짝 놀랐다. 보기에도 섬뜩한 날개였다.

"네놈이군."

하지만 금방 평정심을 찾았다. 적 중에 윙 기간테스가 포함되어 있을지도 모른다는 말을 들은 덕분이다.

그때 브루트가 날아올랐다.

"벌써!!"

이번에는 정말로 깜짝 놀랐다. 자신이 발견하고 날아가기 시작한 지 1분도 되지 않았다. 이제 몇십 초가 되었을까? 그런데 딜레이 타임이 끝났다니. 믿을 수가 없는 현실이었다.

그러나 적은 자신을 향해 똑바로 날아오고 있었다.

어느새 브루트는 검과 방패를 소환해서 손에 쥐고 있었다.

[적 출현! 비상! 적 출현이다! 공화국의 윙 기간테스가 나타났다!]

칼버튼은 황급히 유니온에 적의 출현을 알렸다. 그리고 양손에 검과 방패를 소환했다.

두 기의 윙 기간테스가 최고 속력으로 서로를 향해 날아갔다.

두 기의 속도를 합치면 시속 600킬로미터다. 그 속도에 6, 7킬로미터의 거리는 순식간에 사라졌다.

서로를 향해 날아간 지 1분도 되지 않아 첫 번째 격돌이 이루어졌다.

챙!

하늘에서 검과 검이 부딪친 소리가 요란하게 울렸다.

검을 맞대고 두 기가 허공에 정지했다.

"훗. 네놈이 나의 첫 제물이군."

칼버튼이 미소 지었다. 눈앞의 녀석을 처리할 자신이 있었다.

랩터2가 순간 아래로 푹 꺼졌다. 지상전에서는 생각할 수 없는 움직임이다. 하지만 이곳은 지상으로부터 200미터는 떨어져 있는 공중이다.

상대방의 검의 힘을 이용해 아래로 꺼진 듯한 랩터2는 브루트의 발아래를 지나쳐 순식간에 등을 노리고 날아올랐다. 하지만 브루트도 만만치 않았다. 어느새 몸을 돌리며 검을 내려치고 있었다.

칼버튼은 황급히 방패를 들었다.

쾅!

방패에 검이 부딪치는 소리가 요란히 울린다. 칼버튼은 그 공격에 저항하지 않고 그 힘을 고스란히 받아들였다. 기간테스를 잡아주는 바닥의 마찰력이 없었기에 랩터2는 뒤로 훌훌 날아갔다.

그때 재빨리 랩터2의 몸을 뒤집더니 다시 쏜살같이 앞으로 쏘아져 나갔다. 추진력을 얻어 그 힘으로 상대를 공격하려는 속셈인 것이다.

카로니안은 피식 웃으며 재빨리 랩터2의 공격을 피했다.

그리고 오히려 그 뒤를 쫓았다.

"쳇. 뭐야, 저 녀석은?"

상대방의 운용 실력에 칼버튼은 깜짝 놀랐다. 이 정도로 능숙할 줄은 몰랐던 것이다.

서서히 등에 식은땀이 배어 나오기 시작했다. 자신만만했던 얼굴로 딱딱하게 굳어 있었다.

[네놈, 실력이 제법이군.]

공용 채널을 통해 브루트에게 대화를 시도했다. 기간테스끼리의 전투에서는 전장에서 심심찮게 있는 일이다.

[네 녀석도 제법이야.]

상대방의 대답이 통신을 통해 들려왔다. 그런데 어딘가 익숙한 목소리다. 기억 속에는 이보다 조금 더 앳되고 여린 목소리지만 분명 들어본 적이 있었다. 하지만 그런 것이 중요한 것이 아니었기에 칼버튼은 신경 쓰지 않았다.

[아쉽군. 나를 만나다니 말이야.]

[솔직히 의외다. 레퀴엠만 신경 썼는데 말이야.]

돌아온 대답이 칼버튼의 신경을 긁었다.

[그딴 놈과 비교하지 마라.]

그 말과 함께 랩터2가 다시 브루트를 향해 날아들었다. 검 끝을 브루트를 향한 채 일직선으로 날아갔다. 그냥 보기에도 너무나 무모해 보이는 공격이다.

"훗."

그 모습에 카로니안은 피식 웃으며 너무나 쉽게 피했다. 설마 이렇게 쉽게 도발에 넘어올 줄은 몰랐다.

하지만 그때 랩터2의 움직임에 변화가 생겼다. 이미 피했다고 생각했는데 순식간에 방향을 선회하는가 싶더니 왼쪽 옆구리를 향해 아래에서 위로 솟구쳐 오고 있었다.

위로 날아서 피했기에 적에게 노출시킨 허점이었다.

칼버튼의 입가에 미소가 어렸다. 비행 훈련 중 우연히 익히게 된 회심의 일격이었다. 이런 급선회를 자신이 할 수 있을 것이라고는 상상도 하지 못했다. 우연히 성공하기 전에는 말이다.

"크윽."

카로니안은 황급히 왼팔의 방패로 상대의 검을 막았다.

푹.

그러나 검은 방패를 뚫고 왼팔에 박혔다.

"으윽."

높은 싱크로율은 기간테스의 감각도 약간이나마 공유하게 된다. 그 덕에 더욱 세밀한 운용이 가능하다. 하지만 이런 상황에서는 오히려 독이었다. 왼팔이 찌르르 울렸다.

[잡았다.]

희열에 찬 상대의 목소리가 통신을 통해 카로니안의 귀에 들렸다. 그 목소리는 카로니안에게 악몽을 떠올리게 했다.

어느 날 밤 겪은 끔찍한 악몽을.

이 긴박한 순간에 그날의 일이 머릿속에 또다시 선명하게 떠올랐다. 그럴 수밖에 없었다. 지금도 사흘에 한 번 꼴로 그날의 일을 꿈속에서 반복하고 있으니까.

"헉헉헉."

"어서 달려라. 잘못하다가는 잡히고 만다!"

옆에서 재촉하는 아버지의 얼굴에는 절박함이 가득했다. 간밤에 몰래 도망쳤다. 최대한 조심해서 움직였기에 알아차린 사람은 없었다. 하지만 불안했다. 아버지가 맡은 일이 있었기에 적어도 두 시간이 지나면 도주가 들킬 것이다.

그래서 최대한 힘을 내서 벗어나고 있었다. 이제 조금만 가면 미리 알아둔 비밀 통로다.

아버지는 더욱 서둘렀다.

"찾아라!"

그때 뒤에서 웅성거리는 소리가 들렸다.

벌써 쫓아온 것이다.

아버지가 힐끗 뒤돌아보았다.

금세 아버지의 얼굴에는 절망의 그늘이 드리워졌다. 조금만 가면 비밀 통로이건만, 은밀히 숨겨둔다고 이것저것 덮어둔 것이 많았다. 그것들을 모두 치우려면 시간이 제법 필요했다.

이렇게 빨리 쫓아온 것은 예상 외의 일이었다.

"어서, 어서! 어서 서둘러야 한다, 카로니안!"

아버지의 목소리에는 절박함이 가득했다.

죽을힘을 다해 달렸다.

그리고 이윽고 그곳에 도착했다. 하지만 뒤쫓는 자들의 소리도 더욱 크게 들리고 있었다.

비밀 통로는 꽉 막혀 있었다.

아버지는 힐끗 뒤를 돌아보았다. 절망의 그늘이 어려 있던 아버지의 얼굴에 어떤 결의와도 같은 것이 생겼다.

아버지가 서둘러 움직였다. 이윽고 작은 구멍이 나타났다. 하지만 아버지가 들어가기에는 너무 작았다. 어린아이나 들어갈 수 있는 크기였다. 자신처럼 말이다.

아버지가 자신을 바라보았다.

"카로니안."

목소리에서 비장함이 느껴진다.

"네."

아버지가 품에서 무엇인가를 꺼내서 내밀었다.

"공화국에 가서 자리를 잡으려면 필요할 것이다. 사람이 있는 곳은 어디든 반드시 돈이 필요하니까."

아버지가 멀뚱멀뚱 보고 있는 아들의 품에 그것을 우악스럽게 집어넣었다. 아마도 저들이 자신들을 이렇게 빨리 쫓아온 것은 자신이 훔친 물건 때문일 것이다.

공작 부인의 결혼 예물이라고 했으니까. 욕심이 너무 과했다. 때문에 일이 이렇게 되어버리다니.

후회는 아무리 빨라도 늦은 법. 살 사람은 살아야 했다.

자신의 자랑스러운 아들 카로니안은 어떻게든 살아야 했다.

카로니안은 자신을 꼭 안는 아버지의 품속에서 깊고도 깊은 슬픔을 느낄 수 있었다. 직감했다, 그것이 아버지와의 마지막 포옹임을.

"가라."

아버지가 드러난 통로를 가리키며 말했다.

"뒤돌아보지 말고 달려라."

"아버지……."

"어서 가!"

아버지가 소리를 질렀다. 카로니안의 두 눈에 눈물이 흘렀다. 떨어지지 않는 발걸음을 억지로 떼려 하였다.

푹!

그때 갑작스레 귀를 울리는 섬뜩한 소리.

달빛에 날카로운 예기를 발하는 창날이 아버지의 배를 뚫고 앞으로 삐죽이 튀어나와 있었다.

"아버지!"

"크윽. 어서 가……."

아버지가 쥐어짜면서 겨우겨우 말했다.

"홋. 잡았다."

그때 카로니안의 귀에 울린 저주스러운 목소리. 지옥에서도 잊지 않을 목소리와 얼굴의 주인.

어떻게 그 말을 들은 것인지 모르겠지만 귀에 똑똑히 박혀들었다. 얼굴은 눈동자에 아로새겨졌다. 자신에게 생의 지옥을 선물한 자. 절대로 잊을 수 없었다.

그때 아버지는 마지막 힘을 짜내 카로니안을 통로로 밀어넣었다. 그리고는 통로를 무너뜨렸다.


카로니안은 순식간에 악몽에서 깨어났다.

그리고 알아냈다.

조금 전 공용 통신을 통해 자신의 악몽을 일깨운 목소리의 주인을.

[칼버튼!]

절규와도 같은 카로니안의 외침이 콕피트를 울렸다. 공용 통신을 통해 칼버튼의 귀를 찔렀다.

# CHAPTER 5
## 카로니안의 복수

온몸에서 마나가 폭발하듯 일었다.

카로니안은 느낄 수 있었다. 지금 자신의 몸은 정상이 아니었다. 분노로 인해 어딘가가 고장이 났다. 하지만 그것이 싫지는 않았다. 지금 자신은 무한한 힘을 가진 듯했으니까.

눈앞에 존재하는 기간테스와 그 라이더를 죽일 수만 있다면 자신은 어떻게 되어도 상관없었다.

카로니안은 분노에 취했다.

왼팔을 들어 올렸다. 고통이 느껴졌다. 상대의 검이 꽂힌 채 팔이 움직였다. 귀를 긁는 절삭음과 함께 검이 팔을 헤집었다.

오른팔을 들어 올렸다. 검으로 힘껏 왼팔을 내려쳤다. 보충할 부품이 없으나 상관없었다.

방패를 쥔 왼팔이 팔꿈치 아래로 잘려 나갔다. 랩터2 윙이 검을 늘어뜨리자 검에서 빠져나와서 땅으로 떨어졌다.

쿵.

팔의 낙하음이 귀에 들렸다.

[네놈, 날 아나?]

저주스러운 목소리가 다시 카로니안의 귀를 두드렸다.

[하마스에게 물어봐.]

하마스는 지옥의 주인이다.

[네 녀석들, 그에게 보내주마. 크크.]

칼버튼의 목소리가 다시 온몸을 긁어왔다.

카로니안의 두 눈에서 살기가 줄줄 흘러나왔다. 살기와 함께 마나가 폭사되었다. 어느새 카로니안의 몸에서 마나 폭주가 일어나고 있었다. 그러나 그는 그것을 자각하지 못했다. 아니, 자각했음에도 모른 체했는지도 모른다.

브루트가 날아올랐다.

[어딜!]

랩터2 윙이 따라붙으려 했다.

그러나 브루트의 속력은 빨랐다. 제원상 최고 속도가 같을 텐데, 둘 사이의 거리가 점점 벌어졌다.

어느 순간, 브루트가 멈추더니 몸을 돌렸다. 칼버튼은 미소를 지으며 검을 곧추세우고 브루트를 향해 날아들었다.

"오너라."

오른팔의 검을 치켜들었다.

온몸의 마나가 미친 듯이 휘돈다. 그리고 브루트의 마나 제어구에 소용돌이치며 빨려 들어갔다. 카로니안은 그 어떤 것도 신경 쓰지 않았다. 그의 모든 신경은 오직 칼버튼을 향해 집중되어 있었다.

랩터2 윙이 점점 가까워졌다.

"파이어 크로스!"

브루트의 검이 허공에 열십자를 그렸다.

"훗. 무슨 미친놈의 춤도 아니고."

칼버튼은 그 모습을 비웃었다.

그 순간.

검의 궤적에서 붉디붉은 불꽃이 피어올랐다.

세상의 모든 것을 소멸시켜 버린다는 지옥의 겁화와도 같았다.

칼버튼의 두 눈이 홉떠졌다.

"말도 안 돼……."

칼버튼의 목소리가 떨렸다. 분명했다. 저런 모습을 보일 수 있는 것은 단 하나다. 제이드 대륙에서 검을 익힌 자라면 누구나 단번에 알아볼 것이다.

피어스 브레이크.

분명 저것은 피어스 브레이크였다.

그런데 기간테스가 피어스 브레이크를 사용하다니.

말도 안 되는 일이다.

"이런 미친……."

입에서 절로 욕이 튀어나왔지만 지금은 그럴 때가 아니었다. 칼버튼은 황급히 랩터2를 움직여 상대의 공격을 피하려고 했다. 그러나 적의 피어스 브레이크는 빨랐다.

순식간에 랩터2에 격중했다.

"크악!"

강렬한 충격이 온몸을 뒤흔든다.

뒤이어 미칠 듯한 열기가 콕피트를 덮쳤다.

"가라, 하마스에게!"

브루트의 오른손에는 어느새 투창이 들려 있었다.

브루트의 몸이 한껏 뒤로 젖혀졌다. 칼버튼은 고통 속에서도 그 모습을 똑똑히 볼 수 있었다.

화염의 십자가에 감싸인 랩터2의 콕피트에 있는 칼버튼의 두 눈은 절망에 물들고 있었다.


레퀴엠은 작전 지역을 향해 전력으로 날았다. 아니, 나는 것 같았다. 그렇게 딱 30분을 비행한 후 멈췄다.

"왜 그러시죠?"

뒤에서 호크가 물었다. 어느새 호크가 있는 자리는 작은 의자와 벨트가 생겨서 지난번보다는 제법 편하게 변해 있었다.

"슬슬 올 때가 되었다 싶어서 말이야."

이슈인이 답했다.

그때 평원에서의 복귀 중 우연히 마주친 일행. 그들이 이제 유니온 근처에 도착했을 것만 같았다.

'아스카론, 유니온 근처에 수상한 기척 없었어?'

―범위가 너무 넓어서 특별히 알 수 있는 것은 없었습니다.

아스카론이 답했다.

신경 써서 감시한 것이 아니기에 아스카론으로서도 어쩔 수 없었다.

이슈인은 고민에 잠겼다. 이대로 작전 지역으로 갈 것이냐, 아니면 돌아갈 것이냐.

계속해서 가기에는 뒤통수가 간질거렸다. 무시할 수 없는 예감이었다.

그때 들었던 대화가 신경을 긁고 있었다. 레퀴엠이 없을 때를 노리겠다던 내용이 가시처럼 걸려서 사라지지 않았다.

"누가 온다는 것이죠?"

호크가 다시 묻는다.

"그때 우리가 봤던 녀석들."

"아."

호크가 생각났다는 얼굴을 했다. 이슈인이 절대 그 누구에게도 말하지 말라고 신신당부했기에 짧은 시간이나마 잊고 있었던 것이다.

"어떻게 하실 건가요?"

호크의 물음에 이슈인은 결심한 듯 말했다.

"돌아가야겠다."

레퀴엠이 날아왔던 방향으로 다시 전력을 다해 날기 시작했다.


"아악! 대장!"

랩터2의 검이 브루트의 왼팔에 박히는 순간 네미의 입에서 비명이 절로 터져 나왔다. 믿고 있었지만 이런 절체절명의 상황을 보게 되니 자연히 나온 비명이다.

멀리서 망원경으로 두 기체의 전투를 지켜보는 그들의 입안은 바짝바짝 말라 들어갔다.

"젠장. 저 자식 요리조리 잘도 움직이네."

루안이 신경질적으로 말했다.

두 기체의 전투를 보고 느껴지는 것이 있었다.

공중전에서는 출력의 차이로 인한 기간테스의 능력 차가 지상전만큼 확연하게 드러나지 않는다는 것이다. 출력 3.0의 브루트와 대등하게 싸우는 랩터2를 보면 그런 생각이 절로 들었다.

"저 랩터2 윙의 라이더 생각보다 공중전에 능숙해."

"대장이 저런 모습을 보일 줄이야."

카로니안이 아무리 뛰어난 라이더라 할지라도 그 역시 공중전의 경험은 적었다. 아무리 많은 훈련을 쌓았더라도 훈련과 실전은 다른 법. 카로니안이 훈련에서 발군의 실력을 보였지만 상대도 만만치 않았다.

"쳇. 그렇게 문신 시술을 받았으면 좋았잖아."

"응?"

네미의 중얼거림에 루안이 되물었다.

"아, 아무것도 아니야."

네미가 당황해하며 고개를 절레절레 흔들었다.

우연히 알게 된 브루트에 관련된 극비 정보 중 하나였다. 이 사실을 자신이 알고 있다는 것이 상부의 귀에 들어가면 어찌 될 것인지 알 수 없었다.

사실 네미가 아는 것도 극히 일부였다. 브루트의 라이더들은 싱크로율을 올려주는 문신 마법진의 시술을 받았는데, 그것 없이도 충분한 싱크로율을 보이던 카로니안은 시술을 거부했다는 것. 그 정도였다. 그녀도 진정한 진실은 모르고 있는 상태였다.

그때, 불꽃의 십자가가 하늘을 수놓았다.

그들 모두 처음 보는 광경!

"헉!"

"이럴 수가……!"

다들 입을 쩍 벌렸다.

기간테스가 사용하는 피어스 브레이크. 설마 진짜로 가능할 줄이야.

아니, 그들은 자신들의 대장이 피어스 브레이크를 사용하는 것 자체를 처음 보았다. 진검을 사용하지 못하는 대장이었기에, 그가 검을 들고 있는 모습을 본다는 것은 불가능한 일이었다.

"대장, 정말로 피어스 브레이크를 가지고 있었구나."

루안이 감탄한 듯 중얼거렸다.

"그것보다 기간테스로 저렇게 펼쳐 낸 것이 더 대단한 거야."

네미가 중얼거렸다.

그리고 브루트가 투창을 소환해 치켜든 모습을 보았다.

"이제 끝이다!"

불타고 있는 랩터2는 투창의 좋은 먹잇감일 뿐이다.

이윽고 브루트의 손에 들린 투창이 빛살이 되어 날아갔다.

아래에서 지켜보는 모두의 눈에는 승리에 대한 확신이 가득했다.

투창을 던진 카로니안 역시 이제 다 끝났다는 눈으로 랩터2를 바라보았다.

"아버지, 이제 로마스의 곁에서 미소 짓고 계시기를."

로마스는 죽은 자들의 낙원을 관장하는 신이다.

그렇게 카로니안은 환한 웃음을 짓고 있는 아버지의 얼굴을 떠올렸다.

그때 어디선가 또 다른 빛살이 날아왔다.

쾅! 콰쾅!

요란하게 하늘을 떨어 울리는 폭음!

투창에 내장된 익스플로젼 마법이 발동한 것이다. 폭발의 불꽃이 허공을 뒤덮었다 사라졌다. 갑작스러운 폭발의 섬광에 눈을 감았던 이들이 눈을 떴을 때 모두 말을 잊었다.

폭발이 있었던 곳에는 새로운 기간테스가 나타나 있었다.

주홍빛 날개를 빛내며 고고한 모습으로 모두를 오시하는 다크 실버의 기간테스.

레퀴엠.

그가 나타났다.

"어, 어떻게……."

갑작스러운 상황 전개에 카로니안은 당황했다. 분명 한 시간쯤 전에 유니온을 떠나지 않았던가. 그런 레퀴엠이 지금 눈앞에 있다니 일이 어떻게 꼬여 버린 것일까?

이슈인은 이슈인대로 급했다.

불타고 있는 랩터2가 눈에 들어왔다. 아직 비행 상태를 유지하는 걸로 보아서 정신을 잃은 것 같지는 않았다.

"그런데 어떻게 기간테스가 저런 불꽃에 휩싸일 수 있지?"

의문을 해결하는 것보다 상황을 해결하는 것이 급했다.

이슈인은 황급히 검을 뽑아 들었다. 그리고는 눈앞의 브루트를 향해 쇄도했다. 방해꾼을 먼저 처리해야 했다.

그야말로 눈부신 속도로 레퀴엠이 날아들었다.

쾅!

강렬한 숄더 차지.

그 공격에 브루트는 뒤로 훌훌 날아갔다.

"컥."

충격이 카로니안의 온몸을 뒤흔들었다.

"쿨럭."

그리고 콕피트 안에서 피를 토했다. 온몸을 폭주하며 휘돌던 마나가 방금의 충격으로 몸 밖으로 방출된 것이다. 시커멓게 죽은피였다.

그리고 나서 카로니안은 분노로 뜨겁게 타올랐던 머리가 좀 진정이 되었다. 뒤 이어 찾아오는 지독한 통증.

온몸이 산산조각이 나 부서지는 것 같았다. 뼈고, 근육이고, 신경이고 모든 것이 갈가리 찢어져 으스러지는 통증이 그를 집어삼켰다. 마나 폭주의 후유증이었다. 카로니안은 힘겹게 브루트를 착륙시켰다. 더 이상 무엇을 어떻게 할 수 있는 상태가 아니었다.

어서 빨리 이곳을 빠져나가야 했다.

이슈인은 그런 카로니안에게 신경 쓸 여유가 없었다.

어서 빨리 랩터2 윙을 해결해야 했다. 비록 싫어하는 녀석이지만 같은 왕국군의 동료다. 이렇게 둘 수는 없었다.

"될 것 같아."

이슈인은 그렇게 중얼거리고 검을 치켜들었다. 그리고 천천히 내리그었다.

느림의 수련을 할 때와 같은 움직임이 레퀴엠의 손에서 펼쳐졌다. 천천히 내려와 하나의 깔끔한 내려치기 동작을 마무리하는 순간, 검에서 거친 바람이 일며 랩터2 윙을 덮쳤다.

레퀴엠의 검풍은 마치 옷을 벗기듯 랩터2 윙의 몸체를 감싸고 있던 불꽃만을 뒤로 날려 보냈다. 불꽃이 사라지자 레퀴엠이 황급히 랩터2에게 다가갔다. 그때 랩터2가 힘없이 떨어지기 시작했다.

칼버튼이 정신을 잃은 것이다.

재빠르게 왼팔로 랩터2의 팔을 잡았다. 힘껏 위로 끌어올려 오른손으로 우악스럽게 랩터2의 콕피트 해치를 뜯어냈다. 그리고 서둘러 칼버튼을 꺼내 유니온으로 전력으로 날아갔다.

한시가 급했다.

그렇게 카로니안 별동대의 일차 습격은 마무리되었다.


온몸이 붕대에 감긴 채 누워 있는 사내의 두 눈은 죽어 있었다. 텅 빈 동공은 그가 아무 생각 없이 그저 누워 있다는 것을 여실히 보여주었다.

이슈인은 그런 사내, 칼버튼을 씁쓸한 눈으로 바라보았다. 참으로 싫어했던 녀석이었다. 아카데미 시절부터 자신을 무척이나 적대시했기에, 그때 이슈인 자신의 상황도 겹쳐서 무척이나 싫었다.

그런데 이런 무기력한 모습이라니.

절로 씁쓸한 감정이 들었다.

이슈인이 칼버튼을 데리고 돌아왔을 때는 이미 늦었다. 목숨은 겨우 건졌지만 이미 온몸의 마나가 흩어졌다. 다시는 라이더로 복귀하지 못할 것이다.

이슈인은 잠시 칼버튼을 바라보다가 몸을 돌려 방을 나왔다.

뿌드득.

이슈인이 나가자 칼버튼이 이를 가는 소리가 작게 울린다. 어느새 그의 얼굴에 감긴 붕대가 젖어들고 있었다. 눈물이다. 현재 자신의 상황에 대한 분함이 눈물이 되어 흘렀다.

"내가 이렇게 끝이란 말이냐……."

자신의 몸 상태는 자신이 잘 안다. 설마 이렇게 될 줄이야……. 이제야 자신의 야망을 펼칠 수 있다고 여겼건만.

어느새 꽉 쥔 두 손의 힘이 풀려 버렸다.

칼버튼의 방을 나온 이슈인은 브라이트 백작을 찾았다. 칼버튼의 랩터2 윙을 돌려받아야 했기 때문이다. 그때는 무척이나 다급한 상황이라 랩터2 윙은 내팽개치고 칼버튼만 데리고 유니온으로 돌아왔다.

그렇게 방치된 랩터2 윙은 유니온의 병사들이 회수했다. 상당히 심하게 파괴된 랩터2 윙이지만 바톤 윙만큼은 멀쩡했다. 칼버튼이 정신을 잃기 전까지 비행 상태를 유지했다는 것이 그것을 증명한다. 그러니 한시라도 빨리 회수해야 했다.

이슈인을 마주하고 있는 브라이트 백작의 얼굴에 난감함이 어렸다.

돌려달라고 말할 줄은 알았지만 설마 이렇게 빨리 찾아올 줄은 몰랐다. 왕국의 마법사들은 물론이고 가이나트 국왕까지 돌려주지 말라고 하고 있었다.

"험험. 물론 돌려줘야지. 한데 말일세……."

어떻게든 돌려줄 시기를 늦추려고 말을 길게 끌었다. 이슈인의 두 눈이 깊게 가라앉았다. 지금 그의 심사는 편치 않았다. 칼버튼의 그런 모습을 본 이후라 더욱 그랬다.

"그럼 어서 돌려주십시오."

"으흠. 나도 마음 같아서는 그러고 싶네만……."

이슈인의 강경한 태도에 브라이트 백작은 말을 길게 끌면서 대응법을 찾았다. 그사이 이슈인의 눈은 더욱 매섭게 빛나고 있었다. 그런 상대의 태도에 브라이트 백작의 가슴에서 분노가 일었다.

일개 장교가 자신에게 저런 태도라니. 그 분노가 대응법을 찾아주었다. 간단했다. 모르쇠였다.

"사실은 나도 랩터2 웡이 어디 있는지 모른다네."

"그게 무슨 말씀입니까?"

이슈인의 말소리가 거칠어졌다.

"내 말 그대로네. 병사들이 랩터2 웡을 성내로 운반하는 순간 우리 왕국 마법원의 원장께서 어디론가 가져가셨네. 그 이후의 일은 내 손을 떠난 것이라 나는 모르네."

자신의 소관이 아니라는 모르쇠다.

이슈인의 두 눈에 불꽃이 튀었다. 하지만 상대가 저렇게 나오면 방법이 없다. 마법원에서 랩터2 웡을 가져간 이유야 뻔했다. 바톤 웡 때문이다. 그러니 자신이 그곳을 찾아간다고 해서 순순히 줄 리 없었다.

이슈인은 애써 분노를 가라앉히고 두 눈을 감았다. 이럴 때 형이라면 어찌했을까 곰곰이 머리를 굴렸다.

─제가 탐색하면 위치를 정확히 찾을 수 있습니다, 마스터.

그때 아스카론의 말이 머리에 울렸다. 하지만 위치만 안다고 해서 될 일이 아니다.

되찾아야 했다. 되찾을 수 없다면 폐기라도 해야 했다.

'잠깐, 폐기?'

그때 이슈인의 머리를 번뜩 스치는 생각.

'훗. 좋아. 마법원까지 함께 폐기해 주마.'

이슈인은 결정을 내렸다.

메틀라인 역시 원글로스의 영토가 간절했기에 문제를 일

으킬 수는 없었다. 큰 잡음 없이, 아니, 상대에게 아무런 명분을 주지 않고 이 일을 해결해야 했다.

"알겠습니다."

이슈인이 순순히 물러나자 브라이트 백작은 의외라는 표정을 지었다.

"아, 그런데 말입니다."

그때 이슈인이 멈추며 입을 열었다.

"적의 별동대에 브루트가 있는 것을 확인했으니 그들을 처리할 때까지는 제가 당분간 유니온 주변을 순찰하겠습니다."

"아, 알겠네."

아쉽지만 어쩔 수 없었다. 일단은 이슈인이 랩터2 윙의 건을 그냥 넘겼기 때문이다.

그렇게 이슈인은 자신의 방으로 돌아왔다.

―어떻게 할 생각이십니까?

아스카론이 물었다.

'둘 모두 한 번에 폐기해야지.'

이슈인의 눈이 빛났다.

이틀이 흘렀다. 보통 때와 같은 무료한 시간이었다.

하나의 차이라면 가끔씩 레퀴엠으로 유니온 주변을 정찰한 것이다. 자신이 있으면 별동대가 습격하지 않는다는 것은 잘 알고 있다. 그래서 일단 지금은 자신이 있다는 것만 알리기 위해서 이렇게 잠시 시간을 내어 정찰을 하는 것이다.

어차피 그들도 재정비하려면 시간이 필요할 터였다.

바톤 윙은 겨우 하루 이틀 뜯어보고 분석한다고 복제해 낼 수 있을 만큼 단순한 장치가 아니었다. 그것을 개발하기 위해 가족들이 얼마나 많은 시간을 노력했던가.

이슈인은 여유를 가지고 움직였다.


그리고 다음 날.

이슈인은 정찰을 하지 않고 멀리 날았다.

이제 슬슬 그들이 다시 나타날 때가 된 것 같았기 때문이다. 이미 브라이트 백작에게는 전에 치려고 했던 곳을 치겠다고 말한 상태다. 이미 약점이 잡힌 그였기에 순순히 허락해 줬다. 랩터2 윙의 일 때문에 이슈인은 작전의 주도권을 쥘 수 있었다.

"오늘쯤에는 슬슬 나와줬으면 좋겠군."

이슈인이 중얼거렸다.


카로니안의 별동대는 멀리서 망원경으로 그 모습을 보았다.

"오늘은 레퀴엠이 떠나는데?"

지난 이틀간의 경계 비행에 잔뜩 움츠려 숨어 있었다.

루안의 말에 네미의 이마에 주름이 생겼다.

"너무 빠른데……."

그들의 대장인 카로니안이 랩터2 윙을 떨어뜨린 것이 불과 사흘 전이다. 그런데 벌써 경계를 풀어버리다니, 수상했다. 냄새가 나도 너무 심하게 났다.

"어떻게 할거야?"

루안이 물었다.

"어떻게 하고 말고도 없잖아. 대장이 저 모양인데……."

지금 카로니안은 마나 폭주의 후유증을 단단히 겪고 있었다. 하지만 그것도 이슈인의 일격에 의한 각혈 덕에 상당히 경미하게 겪는 것이다. 그때 그 각혈이 없었더라면 아마도 폭주한 마나에 온몸이 갈가리 찢겨서 죽음을 맞이했을 것이다.

네미는 그런 정황을 알 수 있었다. 브루트의 콕피트에 남아 있던 핏자국. 그것이 대장을 살렸다.

"얼마나 더 있어야 할까?"

루안이 걱정스런 얼굴로 물었다.

"그거야 대장 몸에 달렸지."

"그럼 오늘은 내가 가볼까?"

"자이안으로? 아서라. 혼자 개죽음당하지 말고."

"쳇."

지금 이 순간. 루안은 자신이 브루트의 예비 라이더로조차 뽑히지 못한 사실이 원망스러웠다. 이렇게 손 놓고 대장의 회복을 기다리기만 해야 하는 자신의 이 무기력한 모습이 싫었다.

"그 친구들은 지금쯤 어딜까?"

브루트의 수리 부품을 받기 위해 여섯 명의 데세랄 라이더를 사카인 성으로 보냈다. 중앙에서 보내주는 보급이 제로였기에 자신들이 직접 찾아가서 받아와야 했다.

"도착했겠지. 부품 수급만 원활하다면 오늘쯤 출발하지 않을까?"

"대장이 어서 나아야 하는데……."

네미의 대답에 루안은 카로니안이 있는 동굴을 바라보았다.

"부품이 오기 전에는 대장도 어쩔 수 없으니까, 우리는 이곳에서 조용히 있는 게 나아."

이미 마나드리안 협곡까지 다시 후퇴한 상황이었다.

네미는 망원경으로 하늘을 보았다. 이제는 망원경으로도 레퀴엠은 아주 작은 점으로 보였다.

'왜 이곳을 그냥 놔두는 거지?'

목에 가시가 걸린 것과 같은 불편함이 느껴진다. 유니온 근처에서 가장 수상한 곳은 누가 뭐라 하더라도 이곳이다. 습격이 없었으면 모르되 이미 한 번의 습격이 있었는데도 이곳을 그냥 놔두다니 이상했다. 작전부의 자료에 의하면 레퀴엠의 라이더는 이곳을 놓칠 사람이 아니었다.

—마스터, 저의 능력으로는 이곳을 벗어나면 유니온을 탐색할 수 없습니다.

아스카론의 말에 이슈인은 공중에서 멈췄다. 그리고 레퀴엠은 정지 비행 상태에 들어갔다. 한 시간 가까이 있었지만 아무런 변화가 없었다.

"저, 나이트. 혹시 마나드리안 협곡이라고 아세요?"

그날의 광경을 모두 지켜보았기에 호크는 이슈인의 마음을 짐작하고는 말을 꺼냈다. 그들이 유니온을 다시 노린다면 숨어 있을 곳은 그곳뿐이었다.

"물론."

"아마 그곳에 그들이 숨어 있을 가능성이 큽니다."

"나도 알아."

이슈인의 대답에 호크는 고개를 갸웃거렸다. 지난 이틀의 순찰 중에도 그곳은 대강 훑고 지나갔기에 모른다고 생각하고 말을 꺼내지 않았던가.

호크는 이슈인이 단지 동료의 복수를 위해 그들을 찾는다고만 생각했다. 그랬기에 지금 그의 행동을 이해하지 못하는 것이다.

한 시간을 기다려도 아무 소식이 없자 이슈인은 다시 움직이기 시작했다. 애초의 작전 지역을 무력화하기 위해 움직인 것이다.

레퀴엠은 과연 무적의 기간테스였다. 순식간에 작전 지역을 초토화시켰다. 로마노크 평원에서와 같은 일은 없었다. 마나석이 충분했기에 전력을 쏟아부었다.

원글로스 반란군은 그야말로 아비규환에 빠졌다.

그들에게 있어 레퀴엠은 곧 사신이었다.

불과 한 시간여 만에 정리를 마친 이슈인은 곧장 유니온으로 복귀했다.

이슈인을 맞이하는 브라이트 백작의 얼굴에는 웃음이 가득했다. 참으로 훌륭한 체스 말이라는 생각이 가득한 얼굴이었다.

간단한 대화 후 이슈인은 자신의 방으로 돌아갔다.

하루 쉰 후 이슈인은 다른 작전 지역으로 날아갔다. 그리고 다시 초토화, 그리고 복귀.

이런 날이 반복되었다.

일주일이 흐르자 이슈인도 조금씩 초조해지기 시작했다.

이 정도 시간이면 전부는 몰라도 아주 작은 일부나마 그들이 바톤 웡의 비밀에 접근할 수도 있었다.

이슈인은 산책이라는 핑계로 유니온 중심을 걸었다. 지난번에 아스카론이 탐색해 낸 곳에 랩터2 웡이 그대로 있는지 확인하기 위해서였다. 아스카론이 바톤 웡의 마나 엔진 패턴을 잘 알고 있었기에 탐색해 내는 것은 식은 스튜 먹기나 다름없었다.

다행히 랩터2 웡은 그곳에 있었다.

유니온의 동북쪽에 우뚝 솟아 있는 탑.

왕립 마법원의 지하였다.

이슈인은 탑을 힐끗 바라보았다.

"그렇게 오연히 서 있을 날도 얼마 남지 않았다."

의미심장한 말을 남긴 이슈인은 자신의 거처로 돌아왔다.


다음날.

브라이트 백작은 새로운 작전 지역을 이슈인에게 전했다.

한 번 갔었던 곳이다. 마나석의 부족으로 제대로 공략하지 못했던 곳.

로마노크 요새다.

요 며칠간 레퀴엠의 활약으로 서서히 국왕군의 세력이 넓어지고 있었다. 이제 내친김에 상대방의 식량 창고 중 하나를 초토화시키고 확보하겠다는 속셈인 것이다.

'로마노크 요새라… 이번에는 지난번과는 다를 거야.'

이곳에 와서 첫 출전이자, 첫 미완의 작전이었기에 이슈인도 아쉽게 생각하던 곳이다. 이번에는 반드시 끝장을 내리라.

하루가 지나고 아침 일찍 레퀴엠이 주홍빛 날개와 함께 유니온의 하늘로 날아올랐다.

한 번 가봤던 곳이기에 거침없었다.

레퀴엠은 빛살 같은 속도로 로마노크 요새를 향해 날았다. 한 번의 중간 보급을 마치고 로마노크 요새의 상공에 도착했다.

주홍빛의 이카루스가 나타나는 순간 이미 요새는 비상에 걸렸다. 불과 보름도 안 지났는데 다시 나타난 레퀴엠이 원망스러웠다. 지난번에 레퀴엠이 박아둔 그 공포스러운 모습은 아직도 병사들의 뇌리에 선명하게 남아 있었다.

로마노크 요새 전체에서 은은한 빛이 뿌려졌다.

요새에 설치된 방어 마법이 가동된 것이다. 그리고 기간테스들이 튀어나왔다. 하지만 공화국의 기간테스는 한 기도 없었다. 모두 원글로스의 기간테스인 데난이었다.

"빌어먹을. 한 번 꽂힌 과녁에는 또 다른 화살이 박히지 않는다고 말한 녀석은 대체 누구야."

롤라이 자작이 얼굴을 잔뜩 일그러뜨린 채 투덜거렸다. 그 투덜거림에는 이미 절망의 그림자가 가득했다.

공화국의 최신예 기간테스들도 순식간에 당했다. 그때 레퀴엠이 그렇게 순순히 돌아간 이유는 알 수 없었지만 오늘은 다를 것 같았다. 불길함이 가득한 하루다.

"오늘 아침에 나온 레어로 구운 스테이크 때문이야."

말도 안 되는 징크스로 아침 메뉴를 실수한 주방장에게 지금의 상황을 모두 떠넘겼다. 샤를 준남작은 씁쓸한 얼굴로 자신의 주군을 바라보았다. 오늘만큼은 그도 어쩔 수가 없었다. 이곳이 자신들의 무덤이 될 것이다.

'지난번에는 아마도 마나 잔량에 문제가 있었던 것 같았지

만… 오늘은 충분히 대비를 하고 왔겠지.'

머리가 좋은 그였기에 오늘의 결과가 이미 눈에 보였다.

레퀴엠이 검을 들고 요새에 내려앉은 순간.

모든 것은 끝났다.

CHAPTER 6
위기의 유니온

"대장, 레퀴엠이 로마노크 요새에 도착했대요."

네미의 말에 카로니안은 고개를 끄덕였다. 겨우겨우 정신을 차린 것이 이틀 전이다. 그사이 어떻게 보급을 받아냈는지, 어제 브루트를 말끔히 고쳤다. 이제 남은 것은 레퀴엠이 유니온에서 사라지는 것을 기다리는 일이었다.

그리고 지금 그 기회가 왔다.

유니온에서 레퀴엠이 날아갈 때 섣불리 움직일 수 없었다. 지난번 랩터2 윙을 상대할 때의 일이 있었기 때문이다. 하지만 로마노크 요새에 도착했다니, 이제 작전을 펼쳐도 될 것 같았다.

"이번에 마나석도 충분히 공급받아 왔어요. 자이안과 데세랄도 이곳에서부터 출발해도 문제없어요."

"시차가 얼마나 날까?"

"전력 기동을 생각해도 한 시간쯤은 날 거예요."

"그럼 내가 이곳에서 40분쯤 후에 출발해야 하는군."

"네."

네미의 대답 후 루안이 끼어들었다.

"그런데 정말 괜찮은 거요, 대장? 마나 폭주라는 것이 보통 일이 아닌데……."

루안은 걱정스러운 눈으로 카로니안을 바라보았다. 그의 걱정에 카로니안은 작은 미소를 지었다.

"그제는 좀 힘들었지만, 이제는 괜찮아. 오히려 더 좋아진 것 같아."

그의 말대로였다. 이슈인 덕에 화가 복으로 돌아왔다. 그때의 그 기억이 몸에 남아 있었다. 마나 폭주라는 위험한 상태에 빠졌지만 무사히 회복한 덕에 오히려 마나 스피어는 전보다 더 크고 단단해져 있었다.

그리고 기간테스에 마나를 불어넣는 요령도 터득했다. 피어스 브레이크를 이제는 좀 더 자유자재로 사용할 수 있을 듯했다.

카로니안이 사용할 수 있는 피어스 브레이크는 하루에 네 번이다.

"그럼 이제 가도록 하지. 레퀴엠이 돌아오기 전에 작전을 마치고 퇴각하려면 시간이 없어."

카로니안의 말에 모두들 재빠르게 움직이기 시작했다. 그들 중 그 누구도 레퀴엠과 맞부딪치고 싶지는 않았다.

그들은 모두 전력으로 말을 달렸다. 딜레이 타임과 적들의 대응을 고려했을 때 유니온에서 7킬로미터 떨어진 곳이 기간테스를 소환하기에 최적의 장소였다.

그곳까지 최대한 빨리 도착해야 했다.

카로니안은 부하들이 남긴 먼지를 가만히 지켜보다가 협곡 아래로 내려갔다. 자신은 그곳에서 브루트로 곧장 날아오를 것이다. 품에서 회중 시계를 꺼내 보았다. 시간의 오차가 있어서는 안 된다.

자신의 역할이 중요했다.

여전히 미소 띤 얼굴로 카로니안은 브루트의 콕피트에 몸을 맡겼다.

시간은 천천히 흘렀다.

1분, 1분의 시간이 계속해서 흘렀다. 그동안 카로니안은 두 눈을 감고 가만히 있었다. 지난번의 전투를 다시 떠올리고 있었다. 너무나 허무하게 레퀴엠에 패했지만 나름대로 얻은 것이 많은 전투였다.

카로니안이 두 눈을 떴다.

정확히 40분이 흘러 있었다.

"좋아."

양손이 브루트의 마나 제어구에 올라갔다.

우우웅.

예비 기동 중이던 브루트가 힘찬 마나 엔진음을 토해내며 붉은 이카루스를 펼쳤다.

고오오.

협곡에 세찬 돌개바람을 일으키며 브루트가 빠르게 상승했다. 순식간에 하늘 한가운데로 솟구친 브루트는 곧장 유니온을 향해 날았다.

속도는 빨랐다.

레퀴엠에 비하면 좀 느렸지만 그래도 이 정도면 충분했다. 얼마 날지 않았음에도 아래로 자이안과 데세랄이 보였다. 그들이 일으키는 먼지구름이 평원을 자욱하게 덮고 있었다.

"적이다!!!"

"하늘에 브루트도 있습니다!!!"

유니온은 바빠졌다. 자이안과 데세랄이 소환될 때부터 이미 적의 습격에 대비하고 있었다. 지난번 전투의 결과로 더 이상 브루트는 출격하지 못할 것이라 예상했기에 유니온은 혼란에 빠졌다.

갑작스레 나타난 브루트의 존재가 유니온의 병사들을 긴장하게 했다. 자이안과 데세랄만을 생각하던 그들이 바빠졌다.

거대 석궁에 통나무를 깎아 만든 화살이 장전되기 시작했다. 혹시나 하고 준비한 병기다. 기간테스에 얼마나 위력이 있을지 검증조차 되지 않았다.

"발사!!"

경비 대장의 외침과 함께 십여 개의 통나무가 하늘을 향해 날아갔다.

그러나 힘이 모자란 듯 그것들은 브루트에 미치지 못했다. 그 모습에 카로니안의 얼굴에 맺힌 미소가 더욱 진해졌다.

"훗. 조잡해."

브루트는 유니온의 상공에 멈췄다. 원글로스 국왕군의 병기가 절대 닿을 수 없는 높이였다.

카로니안은 천천히 투창을 소환했다. 브루트에 내장된 투창은 모두 네 자루. 그중 하나를 손에 들었다. 브루트의 몸체가 한껏 뒤로 젖혀진다 싶은 순간 용수철처럼 튕기며 투창을 던졌다.

쌔앵!

날카로운 소리와 함께 투창이 날아갔다.

쾅! 콰쾅!

뒤이어 거대한 폭음이 터져 나왔다. 땅이 흔들리고 건물이 무너졌다. 첫 번째 타격 지점은 귀족들이 모여 사는 저택가였다.

"꺄악!"

"아악!"

"살려줘!!"

사방에서 비명이 터져 나왔다.

갑작스러운 유니온에 대한 직접 타격에 유니온의 시민들은 혼란에 휩싸였다. 성내는 금세 아비규환이 되었다.

"이, 이게 무슨 일인가?"

왕궁까지 울린 폭음에 가이나트 국왕이 놀라서 물었다.

"전하! 어서 피하셔야 합니다. 지금 유니온의 하늘에 적의 윙 기간테스가 떠 있습니다."

"뭐, 뭐라?"

시종장의 말에 가이나트 국왕의 얼굴에 당황한 기색이 역력했다.

"레, 레퀴엠은 어디에 있는가?"

윙 기간테스는 윙 기간테스로 상대해야 한다. 윙 기간테스가 등장한 지 얼마 되지 않았음에도 어느새 군부의 인물들에게는 상식처럼 되어버렸다.

"그, 그것이……."

가이나트 국왕의 물음에 시종장은 쉬이 대답하지 못했다.

"브라이트 백작은 어디 있는가! 그를 어서 데려오거라!"

가이나트 국왕이 화가 나 외쳤다.

"그전에 우선 피하셔야 합니다. 왕궁으로 적의 공격이 날아오기라도 하는 날에는 큰일 납니다. 어서 지하로 피하시옵

소서."

시종장의 간곡한 부탁에 가이나트 국왕은 걸음을 빨리했
다.

콰콰콰쾅!

그때 두 번째 폭음이 울려왔다.

카로니안이 두 번째로 던진 투창은 유니온의 군사령부 건
물에 떨어졌다. 국왕군의 모든 작전을 세우는 곳이 지금 그저
돌무더기로 전락했다.

"휘유~ 호쾌하게도 하는구만."

유니온에서 들려오는 폭발 소리에 루안이 휘파람을 불었
다. 자신들도 지금 전력으로 뛰고 있었다. 이제 5분쯤 지나면
유니온의 성벽에 당도할 것이다.

그때부터 진정한 전투가 시작이다. 카로니안이 이렇게 유
니온을 흔들어준 덕에 일이 훨씬 수월하게 풀리고 있었다.

"이거 어쩌면 살아서 돌아갈 수 있겠는걸?"

괜한 기대가 입 밖으로 나왔다.

[그러길 바라야지.]

네미의 말이 통신을 통해 루안의 귀에 들렸다.

다음 목표를 물색하며 아래를 살피던 카로니안의 눈에 부
하들의 모습이 보였다. 유니온 내에 속속들이 기간테스가 소
환되고 있었다. 어느새 데난 스무 기가 소환되어 예비 기동에
들어가고 있었다.

부하들이 도착할 때쯤이면 딜레이 타임이 끝나 있으리라.

"이번에는 저기다."

카로니안의 얼굴의 미소는 점점 더 진해지고 있었다.

쩌앵!

빠른 속도로 투창이 날아갔다.

콰콰콰콰쾅!

유니온의 성문이 거대한 폭발에 휩싸였다.

"으악!!"

병사들의 비명이 울려 퍼진다.

주변의 성벽까지 함께 허물어지고 있었다. 한 번에 네 기의 기간테스가 진입할 수 있는 통로가 만들어졌다.

"좋았어! 역시 우리 대장 센스는!"

루안이 환호하며 가장 앞으로 나섰다. 그의 자이안은 거대한 헬버드를 들고 있었다.

"자, 모두들 덤벼라! 이 루안님이 죄다 썰어주마! 크하하하하!"

[루안! 대형 유지해!]

네미의 뾰족한 목소리가 루안의 귀에 꽂혔다. 루안이 공격 진형의 첨단에 자리한 공격의 핵이었다. 그런데 그가 자신의 기분에 취해 너무 앞으로 나가 버리면 대형이 무너진다. 쐐기 진형의 한가운데서 진형의 대형을 관리하는 네미가 바로 루안을 제재했다.

"끙."

낮은 신음과 함께 루안은 동료들과 진형을 맞췄다.

"좋아. 그럼 나는 나대로 놀아볼까?"

그 모습을 확인한 카로니안이 주변을 둘러보며 중얼거렸다.

살기 띤 미소라는 것이 그의 입가에 걸려 있었다. 그는 지금 어디선가 치료를 받고 있을지도 모를 칼버튼을 찾고 있었다.

그가 그때 죽었다면 분명 어떤 정보가 들어왔을 것이다. 메틀라인에 유일하게 존재하는 공작가의 차남이 죽었는데 이렇게 조용할 리는 없었다.

분명 살아 있었다.

카로니안 자신도 모르게 온몸의 마나가 일었다. 그리고는 일정한 방향으로 흘렀다. 지난번 마나 폭주 때 만들어진 길이었다. 피어스 브레이크를 터뜨릴 때와는 또 다른 길.

이 길의 존재에 카로니안은 깜짝 놀랐다.

소드 마스터가 아님에도 이런 길을 만들 수 있다는 사실에 경악한 것이다. 하지만 그 위험성에 고개를 절레절레 저었다. 마나 폭주로 인해 만들어진 길이라니. 자신이 살아났기에 망정이지, 그렇지 않았다면 온몸이 갈기갈기 찢어져 죽었으리라.

고작 길 하나 더 만들자고 그런 위험을 감수할 사람이 과연

이 대륙에 있을까?

정말 우연, 아니, 기연이었고 운이 좋았다.

마나가 그렇게 움직이기 시작하는 순간, 카로니안과 브루트의 싱크로율이 올라가기 시작했다. 카로니안의 마나가 브루트에서 똑같이 흐르기 시작했다. 브루트 제작 시 만들어진 브루트의 마나 회로와는 전혀 다른 길이다.

이번에 카로니안의 몸에 만들어진 길과 똑같은 길을 흐르고 있었다.

생소한 경험이었다. 하지만 온몸에 자신감이 넘쳤다.

카로니안은 검과 방패를 소환했다.

검과 방패를 든 브루트가 유니온의 한가운데 난입했다.

"까악!!!"

시민들이 놀라서 도망치기 바빴다.

카로니안은 아무것도 상관치 않았다. 일반 시민이든, 귀족이든, 병사든 개의치 않았다. 브루트의 검은 유니온의 건물들을 하나둘 파괴하기 시작했다. 그렇게 시가지를 파괴하며 전진했다.

일자로 주욱 가는 브루트의 정면에는 유니온의 왕궁이 있었다.

"빌어먹을 놈……."

왕궁의 경비를 맡은 근위기사단장의 입에서 절로 욕설이 튀어나왔다.

근위기사단 전용 기간테스인 포카트가 이미 예비 기동을 마친 상태로 기다리고 있었다. 그러나 모두들 자신이 없어 보였다.

"모두 열 기라… 가능할지도 모르겠군."

카로니안이 중얼거렸다. 그리고 브루트가 달리기 시작했다.

철컹. 철컹.

요란한 소리가 울렸다.

"온다!"

근위기사들이 바짝 긴장했다.

그 순간,

서걱.

섬뜩한 절삭음이 모두의 귀에 울렸다.

"어, 어떻게……!"

한 근위기사가 두 눈을 부릅뜨고 믿을 수 없다는 눈빛으로 앞을 바라보았다.

그곳에는 어느새 브루트가 나타나 있었다.

그리고 서서히 포카트의 허리가 갈라졌다. 그야말로 순식간에 쇄도해 갈라 버린 것이다.

"이런 게 가능한가?"

정작 일격을 내지른 카로니안도 얼떨떨한 듯 자신의 양손을 바라보았다. 어느새 그의 얼굴에서 미소가 사라져 있었다.

그 정도로 놀란 것이다.

"어디서 이런 괴물이 나타난 거지?"

근위기사단장은 자신의 포카트의 콕피트에서 어이가 없다는 얼굴로 중얼거렸다.

그리고 시작되었다, 카로니안과 브루트의 파멸의 춤이.

그의 검을 막아내는 기간테스는 없었다.

\*　　　　\*　　　　\*

왕궁 지하의 모처에서 수정구를 통해 그 모습을 지켜보던 가이나트 국왕의 얼굴에 근심이 점점 더 깊어졌다.

설마 단 한 기의 윙 기간테스에게 유니온이 이렇게 유린당할 것이라고는 상상도 하지 못했다.

"이런 위기에 대체 레퀴엠은 어디에서 무얼하고 있단 말이오!"

가이나트 국왕의 입에서 다시 한 번 노성이 터져 나왔다. 하지만 모두들 묵묵부답이었다.

"방금 소식이 들어왔습니다."

그때 헐레벌떡 시종장이 뛰어들어 왔다. 그의 말에 국왕은 반색을 했다.

"어디 있다느냐?"

"그것이… 로마노크 요새 습격을 갔다고 합니다. 얼마 전

로마노크 요새를 초토화시켰다는 연락이 왔다고 합니다.”

“허어…….”

가이나트 국왕의 얼굴에 절망이 드리웠다.

평소라면 무척이나 기뻐했을 소식이다. 로마노크 요새라
면 반란군의 거점 중 한 곳이었으니 말이다. 그곳에서 보관하
고 있는 군량만 하더라도 얼마던가.

하지만 그것은 어디까지나 유니온이 무사했을 때의 이야
기다.

지금 적의 팔 하나를 자르고 나의 심장을 내주게 생긴 마당
에서는 별로 기뻐할 소식이 아니었다. 대체 어떤 생각 없는
자가 레퀴엠을 그곳으로 보냈는가 하는 화가 치밀 뿐이다.


\*            \*            \*


슈우우웅.

공기를 가르는 소리가 날카롭게 귀를 파고들었다.

이슈인은 지금 모든 정신을 비행에 쏟고 있었다. 자신이 로
마노크를 치면 놈들이 움직일지도 모른다고 예상은 했었다.
아니, 그렇게 하라고 대놓고 로마노크를 쳤다.

그리고 최단 시간에 요새를 초토화시키고 현재 유니온으
로 복귀하고 있었다. 설마 그 시간에 유니온이 어떻게 될 리
는 없었지만 브루트의 존재가 걸렸다. 그들은 윙 기간테스를

상대로 한 경험이 없었다.

자신과 아덴이 벨런시아 공화국군을 두드릴 때를 생각해 봤을 때 그들이 정말 기습을 감행했다면 지금 유니온은 상당히 위태로운 지경에 처해 있을지도 몰랐다.

'그렇다고 하더라도 그건 당신들이 자초한 것이다. 랩터2 윙을 빼돌리다니. 그건 계약 위반이야.'

레퀴엠에 보내는 마나의 양이 늘어났다.

이카루스가 활짝 펼쳐졌다.

주홍빛 날개가 온 하늘을 뒤덮었다.

레퀴엠 몸체의 십여 배가 넘는 커다란 날개, 이카루스의 크기가 커질수록 레퀴엠의 속도는 빨라지고 있었다.

'아스카론, 이 속도로 간다면 유니온까지 얼마나 걸리지?

―5분입니다.

"좋았어."

아스카론의 대답에 고개를 끄덕인 이슈인은 더욱 마나를 불어넣었다. 뒷자리에 앉은 호크는 이슈인의 혼잣말에 고개를 갸웃거렸다.

대체 왜 이렇게 빠른 속도로 복귀를 하는지 이해할 수 없었다.

그로서는 유니온에 어떤 일이 벌어졌는지 상상도 할 수 없을 노릇이었다.

―그런데 문제가 있습니다.

이슈인의 머리에 아스카론이 말소리가 울렸다.

'뭐지?'

—도착과 동시에 마나 잔량이 '0'이 됩니다.

'그럼 기동이 중지되는 건가?'

—그렇습니다.

"젠장."

욕설이 절로 입 밖으로 튀어나왔다. 가끔씩 보여주는 그런 이슈인의 모습은 호크로서는 도무지 이해할 수 없었다. 하지만 천재적인 라이더이기에 그렇다고 나름대로 합당한 이유를 만들어서 납득하고 있었다.

'방법이 없어?'

마나석을 교체하는 데 드는 시간은 적어도 이삼 분이다. 현재로서는 참으로 뼈아픈 시간이다.

—도착 1분 전에 마나석을 교체하는 것이 최선입니다.

'그게 불가능하다는 것은 알잖아. 차선은?'

최선이라 했으니 다른 방법도 있다는 말이다.

—마스터의 마나로 레퀴엠을 기동하는 것입니다.

이슈인이 두 눈을 크게 떴다.

"그게 말이 돼?"

너무 놀라 생각이 그만 입 밖으로 튀어나올 정도다.

"네?"

뒷자리의 호크가 깜짝 놀라서 물었다.

"아, 아무것도 아니야. 미안해."

이슈인은 황급히 얼버무렸다. 호크는 이상하다는 얼굴로 고개를 갸우뚱거릴 뿐 그에 관해서는 더 이상 아무런 말도 하지 않았다.

―가능합니다. 현재 마스터와 레퀴엠의 마나 회로가 연동이 되고 있기에 오퍼레이터의 마나로 타이탄을 구동할 수 있습니다.

아스카론의 대답에 이슈인은 멍하니 입을 벌렸다.

'그러니까 사람의 마나로 기간테스를 구동한다고?'

―네. 이미 마스터는 무의식적으로 타이탄의 운용에 필요한 마나에 자신의 마나를 조금씩 섞었습니다. 그것이 마스터의 싱크로율이 비약적으로 상승한 요인 중 하나이기도 합니다.

'그러면 현재 내가 가진 마나로 얼마나 구동이 가능하지?'

이슈인이 물었다.

어쨌든 방법이 있다면 사용해야 하지 않겠는가.

―마스터의 마나를 스캔합니다. 잠시 기다려 주십시오.

소울 슬롯의 아스카론이 은은히 빛나기 시작하더니 이어서 이슈인의 몸도 은은하게 빛났다.

"우와!"

호크는 그 모습에 입을 벌리고 감탄했다. 과연 레퀴엠이라는 감탄이 그를 지배했다.

―스캔이 끝났습니다. 모든 마나를 사용할 시 약 45분의

기동이 가능합니다. 체내의 마나와 마나석은 마나 엔진에 동력을 전달하는 효율이 다른 이유로, 체내의 마나를 사용할 때는 같은 마나량의 마나석보다 기동 시간이 짧습니다.

짧다고 했지만 생각보다 기동 가능 시간이 훨씬 길었다.

'전력 기동 기준이야?'

─아닙니다. 표준 기동 기준입니다. 인간은 마나를 소비함에 따라 체력과 집중력이 달라지기에 정확한 운용 시간을 표준화할 수 없습니다. 예상치로 전력 기동은 30분 정도 가능합니다.

30분이면 충분했다. 이슈인은 레퀴엠의 능력에 대한 믿음과 자신이 있었다.

다만, 한 가지 확인해야 했다.

'마나를 모두 소진하면 어떻게 돼지?'

─탈진으로 인해 정신을 잃습니다.

그건 곤란했다.

완전히 정리를 끝냈다면 모를까, 전투 중간에 그러면 큰 일이다.

'마나량을 측정해서 중간에 알려줄 수 있어?'

─인간의 몸 상태에 따라 기동 시간이 달라질 수 있기에 불가능합니다. 그것은 마스터께서 스스로 느끼셔야 합니다.

'그런가? 하긴 내 몸이니까. 내 몸 상태를 너한테 맡긴다는 것도 웃긴 일이지.'

이슈인이 고개를 끄덕이며 수긍했다.

"좋아. 간다!"

방법을 찾은 이슈인의 목소리가 밝아졌다.

레퀴엠의 속도가 더 빨리지는 듯했다. 호크는 양손으로 손잡이를 꽉 잡았다.

*　　　*　　　*

왕궁의 절반이 파괴되었다.

카로니안은 파노라마 사이트로 주변을 살폈다. 이 정도로 파괴가 되었다면 분명 어디선가 반응이 있어야 하는데 아무런 반응이 없었다.

"으음. 유니온 밖으로는 도망칠 곳도 없을 텐데……."

원글로스의 영토 대부분을 귀족군이 점령한 상태다. 포털을 이용해 이동하려고 해도 받아줄 영지가 없었다.

"왕궁에 꼭꼭 숨었나 보군. 그렇다면 날려 보내줘야지."

칼버튼 역시 왕궁에 숨어 있다고 생각하는 카로니안이다. 타국의 공작의 차남이니 그 정도 대우는 받을 것이라 생각하는 것이다. 실제 칼버튼은 귀족들의 저택가에 따로 저택을 얻어서 생활하고 있지만 그 사실을 알 리 없었다.

브루트가 다시 공중으로 떠오르기 시작했다. 천천히 상승하는 브루트를 국왕군의 병사들은 그저 멍하니 바라볼 뿐이다. 막을 방도가 없었다.

브루트 한 기로도 감당이 안 되는 상황에 자이안과 데세랄까지 있었다. 어떻게 손쓸 방법이 없었다.

성문 근처의 전투도 점점 자이안과 데세랄이 우세를 점하기 시작했다.

공중에 오르자 그 모습 역시 카로니안의 눈에 들어왔다. 카로니안의 입가에 맺힌 미소가 더욱 진해졌다.

"훗. 생각보다 훨씬 쉽군. 이런 자들을 상대로 우리가 그리 고민하고 절망했단 말인가."

카로니안의 가슴 한켠에 자만심이라는 것이 조그맣게 싹트기 시작했다. 그럴 수밖에 없었다. 그토록 어렵게 생각했던 작전을 이토록 쉽게 성공시키고 있지 않은가.

카로니안의 웃음은 어느새 조소로 바뀌어 있었다. 원글로스 왕궁 상공에 브루트를 정지시킨 그는 오만한 눈으로 아래를 내려다보았다.

브루트가 천천히 오른손을 뻗었다. 그 손끝에 마지막 남은 투창 한 자루가 소환되었다. 투창을 꽉 움켜쥐었다.

천천히 몸을 뒤로 젖히며 투창을 던질 준비를 하였다. 목표는 왕궁의 정중앙이었다.

"저, 저……."

마법으로 왕궁 바깥 상황을 지켜보던 가이나트 국왕의 얼굴이 새하얗게 질렸다.

이미 브루트가 절반 정도 파괴한 왕궁이다. 그 상황에서 저 투창이 꽂히면 어떻게 될지 상상만 해도 끔찍했다.

"허어… 너무 급하게 피했어."

한탄 어린 자책의 말이 국왕의 입에서 새어 나왔다. 얼마나 경황없이 몸을 피하는데 급급했으면 왕궁의 방어 마법진조차 가동시키지 못했다. 그것이라도 가동했다면 이렇게 허무하게 파괴되지 않았을 텐데.

그사이 브루트의 몸이 마치 활처럼 휘었다. 한껏 뒤로 젖혀진 상체는 보는 이에게는 공포였다.

저 상체가 튕겨지면서 익스플로젼 마법이 내장된 무시무시한 투창이 날아와 박힌다고 상상해 보라. 누가 있어 감히 아무렇지도 않은 얼굴로 저 모습을 지켜볼 수 있을까.

"잘 가라."

카로니안이 히죽 웃으며 중얼거렸다. 그리고 브루트는 몸을 앞으로 튕기며 투창을 힘껏 던졌다.

쌔애애앵!

투창이 공기를 찢어발기며 이는 돌풍과 함께 강렬한 기세로 왕궁을 향해 날아갔다.

"크윽."

왕궁 지하의 밀실에 가이나트 국왕과 함께 있는 귀족들의 입에서 절로 신음이 새어 나왔다. 모두들 식은땀 범벅이 되어 얼굴이 하얗게 질려 있었다.

카로니안은 투창의 궤적을 여유있는 얼굴로 감상했다.

투창이 빠른 속도로 왕궁에 가까워졌다.

그리고,

콰콰콰쾅!!!

강렬한 폭발이 일었다. 폭발과 함께 일어난 화염이 남아 있는 왕궁을 뒤덮었다.

"응?"

갑자기 일어난 강렬한 폭발에 유니온에서 벌어지고 있던 기간테스의 전투가 중단되었다.

모두의 시선이 그곳으로 향했다.

화려한 불꽃이 피어오르는 왕궁을 향해서.

예상보다 훨씬 큰 폭발이었다.

그 불꽃을 보는 카로니안의 얼굴이 살짝 변했다.

투창이 폭발하기 직전 또 다른 무언가를 보았다.

이윽고 불꽃이 사그라지기 시작했다. 서서히 약해져 가는 불꽃과 뒤이어 비산하는 먼지가 빠른 속도로 가라앉았다.

천천히 모습을 보이는 왕궁.

검게 그슬리고 무너진 모습이 곳곳에서 보였지만 그 큰 폭발의 한가운데 있었다고는 믿기 어려울 정도로 멀쩡했다. 과연 조금 전의 폭발이 있었는가 하는 생각이 들 정도다.

그 광경을 확인한 카로니안이 고개를 획 돌렸다. 브루트의 머리도 함께 돌아갔다.

그곳은 조금 전 카로니안이 본 무언가가 날아왔으리라 짐작되는 곳이었다.

주홍빛 날개가 활짝 펼쳐져 있었다.

너무나도 커다란 날개가 활짝 펼쳐져 과연 무엇의 날개인지 알아볼 수 없을 정도였다.

흡사 나비와도 같이 작은 몸체에 크게 펼친 날개.

오연한 모습으로 공중에 담담히 떠 있는 거체의 기간테스.

레퀴엠.

날개 때문에 왜소해 보이지만 그 모습은 그야말로 위풍당당했다.

"레퀴엠……."

카로니안이 작게 중얼거렸다.

설마 벌써 돌아올 줄이야.

너무나도 커다란 변수가 작용하고 말았다.

# CHAPTER 7
## 이슈인과 카로니안

"후욱. 헉헉헉."

콕피트에서 이슈인이 가쁜 숨을 몰아쉬고 있었다.

자신이 가진 마나로 기간테스를 운용한다는 것이 이런 느낌일 줄이야.

이슈인의 얼굴은 땀으로 흠뻑 젖었다.

—괜찮으십니까, 마스터?

아스카론의 걱정 어린 목소리가 머리에 울린다.

'엄청나군.'

그 말밖에 할 수가 없었다.

설마 이런 느낌이라니. 몸의 한 부분이 일거에 송두리째 뽑혀 나가는 것 같았다. 마나석에서 자신의 마나로 에너지 공급원을 전환하는 그 순간의 상실감은 엄청났다.

상황이 무척이나 다급했다.

투창이 왕궁에 떨어지면 그곳은 복구 불능의 타격을 입게 되는 것이 눈에 빤히 보였다. 앞뒤 가릴 여유가 없었다. 이슈인도 전력을 다해 투창을 던졌다. 공중에서 폭발시키기 위해서였다.

그 순간 에너지원의 전환이 이루어졌고 이슈인은 극심한 충격을 받았다. 그 충격으로 투창의 조준이 빗나가지 않은 것은 그야말로 천행이었다.

그렇게 겨우겨우 익스플로젼 마법을 공중에서 발동시킬 수 있었다.

이슈인은 조금 진정이 되자 그제야 전장으로 시선을 돌릴 수 있었다.

투창이 명중해 폭발이 일어나는 것을 확인하고는 자신의 몸을 추스른다고 다른 곳에 신경을 쓸 여력이 없었다.

그사이 폭발이 가라앉았다.

눈을 아래로 내리는 순간 볼 수 있었다.

적의 브루트가 자신을 똑바로 쳐다보고 있었다. 그 모습에 이슈인이 가늘게 웃었다.

"레, 레퀴엠이라니……."

폭발이 잦아들고 브루트의 시선을 따라 고개를 돌려 주홍빛 날개의 주인을 확인하는 순간, 루안의 입에서 허탈한 중얼거림이 새어 나왔다.

[여기까지야. 이 정도면 우리 작전은 넘칠 정도로 성공했어. 이만 후퇴한다. 레퀴엠이 나타난 이상 우리에게 승산은 없어. 전원 후퇴]

그때 네미의 지시가 통신을 통해 들려왔다. 한 치의 흔들림이 없는 냉정하고도 정확한 지시였다.

"아쉽군."

입맛을 다시며 루안은 서둘러 움직였다. 아무리 아쉽다 하더라도 가장 소중한 것은 목숨 아니던가. 실패했으면 모르되 작전을 성공시킨 이상 이것은 기분 좋은 후퇴였다. 물론 레퀴엠의 충격에서 살아남는다면 말이다.

"후우. 이거 정말 제대로 해 잡수셨군."

유니온의 처참한 모습을 보며 이슈인이 중얼거렸다.

"이, 이곳이 유니온인가요?"

지상의 처참함을 확인한 호크가 믿을 수 없다는 얼굴로 중얼거리듯 물었다.

"안타깝지만……."

이슈인의 대답에 호크의 눈에서 눈물이 주르륵 흘러내렸다. 유니온에 있는 가족들에게 생각이 미친 것이다. 귀족 저택가마저도 그 중심이 초토화되어 있었다.

"빌어먹을 놈. 아무리 전쟁이라지만 민간인이 있는 곳을 저토록 무참하게……."

호크의 목소리에는 뜨겁게 타오르는 분노가 가득했다.

그 와중에 유니온 동북쪽에 위치한 왕립 마법원의 탑만은 멀쩡했다.

'빌어먹게도 운 좋은 녀석들이군. 이렇게 초토화된 곳에서도 저렇게 멀쩡하다니.'

이슈인의 표정이 살짝 굳었다. 멀쩡하다면 부수면 그만이다. 하지만 이 난리통에도 멀쩡하다니 속이 좀 쓰렸다.

[이슈인인가?]

그때 공용 통신으로 낯선 목소리가 들렸다.

[카로니안인가?]

이슈인이 물었다. 빠른 상황 판단으로 자이안과 데세랄은 지금 후퇴 중이었다. 그 와중에 자신에게 공용 통신으로 말을 걸 사람은 단 하나였다. 여전히 오연한 모습으로 공중에 떠 있는 브루트의 라이더, 그였다. 그가 카로니안이라는 것은 지난번 로마노크 평원에서의 일로 이미 알고 있었다.

[어떻게 알고 있지?]

카로니안이 놀라서 물었다.

[봤으니까.]

[봤다고?]

[너의 부대가 로마노크 평원을 가로질러 올 때 난 그곳에 있었다.]

[허······.]

어이가 없다는 듯한 헛웃음 소리가 들렸다.

설마 자신들의 움직임을 알고 있을 것이라고는 상상도 못 하지 않았던가.

[우리를 봤는데 왜 가만히 있었지?]

[마나석이 떨어졌었지.]

카로니안의 물음에 이슈인은 어깨를 으쓱하며 대답했다.

[나를 기억하고 있었군.]

[처음에는 못 알아봤지. 하지만 네 미소만큼은 기억에 선명히 남아 있었으니까.]

[그렇군.]

[생각보다 제법이야. 아무리 내가 없었다고 하지만 유니온을 이 꼴로 만들다니.]

[나도 놀라고 있는 중이다.]

대화를 나누는 사이 두 기체의 거리가 서서히 가까워졌다. 레퀴엠의 이카루스도 보통의 크기로 돌아와 있었다.

[칼버튼은 어디에 있지?]

결국 찾지 못했기에 물었다.

[네가 망가뜨린 저곳 어딘가에.]

레퀴엠의 손끝이 처참히 망가진 귀족 저택가를 가리켰다.

[훗. 예상이 빗나갔지만 그래도 제대로 두들기기는 했군.]

왕궁에 있을 것이라 믿고 그곳을 초토화시켰다. 그런데 대강 던진 투창이 떨어진 곳에 있었다니.

물론 칼버튼이 있는 저택은 폭발의 권역에서 벗어나 있었지만 이슈인이 그것까지 알려줄 필요는 없었다.

[너는 후퇴 안 하나?]

[그러다가 뒤를 잡힐 수는 없지.]

카로니안의 대답에 이슈인이 미소를 지었다.

[결국 부하들의 후퇴 시간을 벌겠다는 거로군. 좋아. 일단 너부터 처리하도록 하지. 어차피 목적은 달성했으니까.]

의미심장한 말이다.

카로니안도 이슈인의 마지막 말에 무언가가 있다는 것을 느꼈으나 굳이 되묻지 않았다. 호크는 가족들 걱정에 그 말을 제대로 듣지 못했다.

[마지막으로 말해두고 싶군. 언제 다시 마주칠지 모르니까.]

[뭐지?]

카로니안의 말에 이슈인이 물었다.

[너였으면 했다. 내 주인이 말이야. 칼버튼 같은 쓰레기가 아니라. 아카데미에서 날 그런 눈으로 봐주는 사람은 네가 유일했으니까. 그랬다면 나의 운명도 좀 달라졌을지도 모르지.]

후회일까? 회한일까? 아쉬움일까?

그 말을 마지막으로 브루트가 빠른 속도로 레퀴엠을 향해 날아들었다.

'불쌍한 녀석.'

떠오르는 생각은 그것뿐이었다.

레퀴엠도 브루트를 향해 마주 날아갔다.


"오오! 레퀴엠이 왔다!"

귀족들의 입에서 안도의 환성이 터져 나왔다. 지금 유니온의 하늘에서 주홍빛 이카루스를 펼치고 있는 저 아름다운 기간테스는 레퀴엠이 분명했다. 레퀴엠이 나타나자마자 반란군의 기간테스들이 도망치기 시작했다.

"어서 레퀴엠에 명령을 내리시오! 저들을 모두 말살하라고!"

가이나트 국왕의 입에서 분노에 찬 일갈이 터져 나왔다. 너무나 절망적인 상황에 몰렸던 것에 대한 분노 때문일까. 그는 자신들에게 레퀴엠에 대한 명령권이 없음을 잊고 있었다. 그들은 요청권을 가지고 있을 뿐이다.

"알겠습니다."

이 상황에서 그것을 지적할 간 큰 귀족은 없었다.

마법사 하나가 통신실로 빠른 속도로 뛰어갔다.


브루트의 검이 날아왔다.

섬뜩한 예기가 도는 것이 무척이나 관리가 잘되어 있었다. 보통의 라이더는 기간테스의 무기 손질에 소홀하게 마련인데 카로니안은 그러지 않았다. 충분히 훌륭한 라이더였다.

이슈인은 쉽게 브루트의 일격을 피했다. 공중전을 치러온 경험이 달랐다.

너무나도 부드러운 비행으로 브루트의 일격을 피한 레퀴엠은 순식간에 브루트의 한쪽 다리를 잡았다.

"크윽."

다리를 잡힌 카로니안의 얼굴에 낭패한 기색이 역력했다.

레퀴엠은 브루트를 잡고 빙글빙글 돌았다. 원심력에 의해 카로니안의 온몸의 피가 머리끝으로 쏠리기 시작했다.

"대체 어쩌려는 거야……."

그 말을 중얼거리는 순간, 카로니안은 어딘가로 강렬한 속도로 날려가는 것을 느꼈다.

원심력과 구심력의 평형이 깨지는 순간.

오직 원심력의 작용만을 받아 브루트는 한곳을 향해 빠르게 날아갔다.

이슈인은 곧바로 뒤따라 날았다.

완벽을 기해야 했다.

콰콰콰콰쾅!

요란한 소리와 함께 땅이 흔들리고 건물이 무너졌다. 그 모든 충격을 카로니안 역시 받았다. 라이더를 보호하기 위한 안전장치가 있다고는 하지만 충격에서 완전히 자유로울 수는 없었다.

"저, 저……."

그 모습을 지켜보던 가이나트 국왕을 비롯한 귀족들은 자리에서 벌떡 일어나며 입을 쩍 벌렸다.

브루트가 처참한 모습으로 날아갈 때만 해도 좋다고 보던 그들이었다. 하지만 브루트가 처박히며 무너진 건물을 확인하자 그럴 수 없었다.

그곳은 바로 원글로스 왕국 왕립 마법원의 건물이었다. 온갖 연구와 자료가 가득한 마법원의 탑을 직격한 것이다. 지금 그 탑이 무너지고 있었다.

빠른 속도로 브루트를 쫓던 레퀴엠은 브루트가 탑에 처박히는 순간 비행을 멈췄다.

그리고는 순식간에 투창을 소환해서 던졌다.

콰콰콰콰쾅!!!

다시 한 번 요란한 폭음이 터져 나왔다.

그 모습을 보는 국왕의 얼굴이 사색이 되었다. 왕립 마법원장은 온몸을 푸들푸들 떨었다.

그런데 한 번이 끝이 아니었다.

두 발의 투창이 더 날아갔다.

콰콰콰쾅! 콰콰콰쾅!

연이어 폭음이 울려 퍼진다. 그 모습을 확인한 왕립 마법원장의 얼굴이 새하얗게 질렸다. 제대로 몸도 가누지 못하고 휘청이기까지 했다.

'훗. 이러려고 로마노크에서는 투창을 아꼈어, 그 덕에 시간이 좀 더 걸렸지만. 이것도 다 네놈들의 자업자득이다.'

이슈인은 어느새 통쾌한 미소를 짓고 있었다.

아직 끝이 아니었다.

브루트는 멀쩡할 것이다. 투창 중 어느 것도 브루트를 직격하지 않았다. 이슈인이 목표로 잡은 것은 브루트가 아니라 마법원 그 자체였기 때문이다.

이 정도 폭발이면 지하에 있는 랩터2 윙은 물론이고 그들이 그것에서 얻은 자료는 모두 소실되었을 것이다. 그래도 확실히 해야 했다.

레퀴엠이 검을 뽑아 들었다.

빠른 속도로 날아내리면서 검이 움직인다.

"플레임 블레이드!"

검이 움직이면서 강렬한 불꽃이 마법원이 있던 곳을 향해 날아갔다.

콰콰콰콰콰쾅!!!

유니온을 뒤흔들 정도로 강렬한 폭발이 일어났다.

마법원의 그 무엇도 남아 있을 수 없는 강렬한 폭발이다.

그제야 레퀴엠은 검을 든 채로 지상에 내려앉았다. 이번의 일격은 브루트를 파괴했을 수도 있다. 그 정도로 강력했고 범위도 넓었다.

그래도 만약이라는 것이 있었기에 이슈인은 경계 태세를

취하고 있었다.

사방으로 피어오른 자욱한 먼지가 시야를 가렸다.

'브루트는?'

─무사합니다. 브루트의 마나 엔진 기동이 감지되었습니다.

아스카론의 대답에 이슈인은 경계 태세를 더욱 정비했다.

세찬 바람에 흩날리던 먼지가 서서히 가라앉았다. 그리고 드러난 잔해는 처참하기 그지없었다. 레퀴엠이 전력을 쏟아 부어서 초토화시킨 곳이다.

이곳에 과연 탑이라는 것이 존재했던가라는 생각이 들 정도로 깨끗하게 정리됐다.

그 모습을 원글로스의 귀족들도 보고 있었다.

아무것도 존재하지 않는 것을 확인하고 결국 마법원장은 정신을 잃었다. 너무도 엄청난 충격에 제 정신을 유지할 수 없었던 것이다.

이슈인은 자신이 만든 모습에 만족한 듯 미소를 지었다.

"엄청나네요. 마법원이 아예 사라질 정도라니… 이 정도면 적도 완전히 파괴되었겠지요?"

호크가 놀랍다는 얼굴로 목소리를 떨며 말했다.

"아니. 멀쩡해."

"어떻게!!!"

이슈인의 대답에 호크는 말도 안 된다는 듯 소리를 질렀다.

호크에게 이슈인의 말을 믿으라는 듯 바닥의 한 곳이 들썩

이기 시작했다. 그리고 이어서 커다란 벽면이 들리는 듯하더니 브루트가 모습을 드러냈다. 여기저기 찌그러지고 부서진 것이 무사하지는 못했다.

하지만 그런 파상공세 속에서도 저렇게 기동이 가능할 정도로 피해를 막아냈다면 무사한 것이나 다름없었다.

그 이유는 이슈인이 공격을 마법원의 지하에 있을 랩터2 윙에 집중했기 때문이다. 중심에서 튕겨 나갔던 브루트는 상대적으로 타격을 적게 받았다.

"알 수 없군."

카로니안은 낮게 중얼거리면서 레퀴엠을 바라보았다. 그역시 적의 공격이 자신을 노리지 않고 오히려 건물을 향했다는 것을 알아차리고 있었다.

그때 레퀴렘이 낮게 날아올라 브루트와 거리를 두며 물러났다.

쫓아서 공격을 해야 했지만 지금 카로니안에게 그럴 여력이 없었다. 그 엄청난 공격 속에서 이렇게 살아 나왔다. 현재는 자신의 몸을 추스르는 것이 먼저였다.

브루트에게서 충분히 멀어진 레퀴엠이 한쪽 무릎을 꿇었다. 그리고 콕피트의 해치가 열렸다.

"내려라."

짧지만 강한 의지가 담긴 말이다. 호크는 아쉬웠지만 군말하지 않고 내렸다. 이 정도도 자신은 엄청난 특혜를 받았다는 것을 잘 알았기 때문이다. 그리고 한 번쯤은 밖에서 이슈인과 레퀴엠의 전투를 보고 싶다는 생각도 들었다.

호크가 내리자 레퀴엠은 다시 브루트의 앞에 마주 섰다.

[다른 사람을 태우고 있었나?]

아직 시간이 더 필요했기에 카로니안은 공용 채널을 통해 물었다.

[아, 원글로스에서는 종자라고 부른다더군. 메틀라인과는 달라서 좀 생소했어.]

이슈인이 대수롭지 않다는 듯 대답했다.

[그리고 고맙다고 해야겠어, 올 거라 예상한 대로 와줘서.]

[그게 무슨 소리지?]

이어진 이슈인의 말에 카로니안이 날카롭게 반문했다. 사실 이슈인은 이 대화를 나누기 위해 호크를 내리게 한 것이다. 아무리 자신을 잘 따른다고 해도 호크는 원글로스의 라이더 지망생이 아니던가.

[이렇게 화려하게 유니온을 망가뜨릴 줄은 몰랐지만 그래도 내가 하려던 일을 처리할 수가 있었거든.]

이슈인의 대답에서 카로니안은 조금 전의 공격을 떠올렸다. 그 무시무시한 공격들은 자신을 노린 것이 아니었다.

[조금 전 이곳에 있던 탑이 목표였단 말인가?]

[그래. 지난번에 네가 떨어뜨린 랩터2 윙을 이 작자들이 마법원 지하에 감춰두고 내놓지를 내놓지를 않더라구.]

그 한마디에 모든 전황의 퍼즐이 맞춰졌다.

[결국 네가 직접 저 탑을 소멸시켜 랩터2 윙을 폐기해야 했고, 그러기 위한 구실로 우리를 끌어들였단 말인가?]

정확하고 간략한 요약이었다.

[그럼 내가 너희들이 마나드리안 협곡에 숨어 있는 것을 모를 줄 알았어? 그리고 내가 이 상황에서 무엇 때문에 굳이 로마노크까지 갔을까?]

이슈인 바첼러.

생각보다 무서운 인물이었다.

완벽하게 허점을 찾아 회심의 일격을 찔러넣었다고 생각했는데 그것이 오히려 그가 의도한 것이었다니.

[어쨌든 너희들이 너무 화려하게 해줘서 나도 앞으로 좀 바쁠 듯해. 받기로 한 것이 있어 제대로 해줘야 하니까.]

이슈인의 말로 대화는 끝이었다. 레퀴엠이 검을 소환해 들었다.

카로니안은 이를 악물었다. 어느 정도 회복하기는 했지만 과연 레퀴엠을 상대할 수 있을지 자신이 없었다. 브루트도 검과 방패를 소환했다.

선공을 날린 것은 레퀴엠이었다. 이제 신경 쓸 것이 없으니 움직임이 경쾌하기 이를 데 없었다. 순식간에 거리를 좁혀 주욱 뻗어오는 레퀴엠의 검을 브루트는 가까스로 방패로 흘렸다. 그러나 어느새 레퀴엠의 발이 브루트의 옆구리로 날아오고 있었다.

"치잇."

브루트의 붉은 이카루스가 펼쳐졌다. 브루트는 재빨리 뒤로 날아 레퀴엠의 공격에서 완전히 벗어났다. 레퀴엠이 등에서 주홍빛 이카루스가 모습을 드러내곤 브루트를 쫓았다.

브루트는 피하고 레퀴엠은 쫓는다. 그야말로 일방적인 싸움이었다.

하지만 브루트는 잘 피하고 있었다. 상태가 좋지 않음에도 아직 치명적인 공격은 허용하지 않고 있었다.

"대단하군."

이슈인은 담담히 중얼거렸다. 그의 얼굴에는 일체의 동요도 없었다.

그렇게 전투를 치르며 카로니안의 몸에서 다시 감각이 깨어나고 있었다. 자신의 마나가 브루트로 흘러들어 가면서 자신과 브루트가 점차 일체화가 되어가는 느낌이 들었다. 덕분에 움직임이 더욱 매끄러워졌다.

80%.

카로니안은 인식하지 못했지만 그것이 지금 그의 싱크로율이었다.

계속해서 피하기만 했지만 점점 레퀴엠의 움직임이 명확하게 보였다. 레퀴엠을 상대하는 게 한결 수월해졌다는 생각이 들었다.

"좋았어."

그 순간 카로니안이 반격에 나섰다.

브루트가 레퀴엠의 검을 방패로 흘리는 것과 동시에 아래로 꺼졌다. 그러더니 곧이어 검을 발바닥을 향해 찔렀다. 그러나 레퀴엠이 고도를 올리며 검은 허공을 찔렀을 뿐이다. 그와 동시에 브루트가 왼팔을 휘둘렀다. 방패가 맹렬히 회전하며 레퀴엠의 등을 향해 날아갔다.

검이 허공을 찌른 것과 방패가 날아간 것에는 시간차가 거의 없는 동시였다.

결국 카로니안이 정말로 노린 한 수는 이것이었다.

"윽."

레퀴엠은 재빨리 몸을 돌리며 검으로 방패를 쳐냈다. 순간 레퀴엠의 움직임이 멈췄다.

"파이어 크로스!!!"

거대한 불꽃의 십자가가 허공에 모습을 드러내며 레퀴엠을 향해 날아갔다.

"과연. 그때의 그 불꽃은 저것이었나?"

이슈인은 칼버튼의 랩터2 윙의 몸체에서 타오르던 불꽃의 정체를 깨달았다.

"기간테스로 피어스 브레이크를 사용하는 것이 정말로 가능했군."

자유자재로 피어스 브레이크를 날리는 사람답지 않은 말

이었다. 이슈인은 대륙의 모든 라이더와 전혀 다른 방법으로 기간테스를 운용했기에 자신은 예외라고 생각하고 있었던 것이다.

그사이 겁화의 십자가는 지척에 육박했다.

붉은 십자가가 레퀴엠의 파노라마 사이트를 완전히 채웠다.

그때 브루트의 검이 다시 움직이기 시작했다. 하지만 이슈인은 그 모습을 볼 수 없었다.

"불에는 눈이 좋겠지?"

일단 자신을 집어삼키려고 덮쳐 오는 피어스 브레이크에 정신을 집중했다.

"블리자드 블레이드!"

레퀴엠의 검이 움직였고 레퀴엠을 중심으로 눈보라가 몰아쳤다.

쿠아아아아!

불과 눈의 격돌.

요란한 폭음만을 남기고 둘 모두 사라졌다.

그때,

"파이어 크로스!"

또 하나의 피어스 브레이크가 날아들었다.

"큭."

이제 막 블리자드 블레이드를 마쳤다. 그런데 어느새 적의 피어스 브레이크는 지척에 날아들었다. 이슈인이 다음 피어스 브레이크를 발하기에는 이미 늦었다.

"제법이야. 결국 노린 것은 이것이었나?"

자만이 불러온 방심이었다. 카로니안은 자신의 파이어 크로스가 레퀴엠의 시야를 완전히 가리는 순간 이미 두 번째 파이어 크로스를 날린 것이다.

절묘한 시간차 공격이었다. 그는 당연히 레퀴엠이 첫 번째 공격을 막을 것이라고 확신했던 것이다. 적에 대한 믿음이 오히려 회심의 일격을 위한 기회를 주었다.

이슈인은 황급히 검을 움직여 어떻게든 파이어 크로스를 막으려 했다.

하지만 피어스 브레이크가 달리 피어스 브레이크던가.

콰아아아아앙!

강렬한 폭음과 함께 지독한 검화가 레퀴엠의 몸을 뒤덮었다.


"저, 저저저!"

가이나트 국왕이 손가락으로 수정구를 가리키며 벌떡 일어났다. 설마 믿었던 레퀴엠이 저렇게 당할 것이라고는 상상도 못했기 때문이다. 왕립 마법원의 마탑만 무너뜨리고는 오히려 적에게 저런 꼴을 당하다니.

귀족들의 얼굴도 새파랗게 질려 있었다.

레퀴엠은 그들의 마지막 보루였다. 오늘 레퀴엠이 당한다

면 아마도 자신들은 모두 목숨을 잃을 것이다. 데루트 공작이
자신들을 가만히 둘 리 없었다.


"파이어 크로스!"

세 번째 공격이 날아갔다. 비록 한 발이 적중되었다 해도
레퀴엠은 버텨낼 것 같았다.

카로니안이 하루에 사용할 수 있는 피어스 브레이크는 모
두 네 번이다.

그중 세 번을 연속적으로 사용했다.

"크윽."

온몸이 쪼개지는 듯한 격통이 찾아들었다.

지금까지 브루트를 운용하며 이미 상당한 마나를 사용한 터
다. 이제 네 번째는 사용할 수 없을 듯했다. 지금도 한계였다.

콰콰쾅!

불꽃이 채 사그라지기도 전에 다음 파이어 크로스가 레퀴
엠을 집어삼켰다.

"크윽. 이거 진짜로 뜨거운데……."

─레퀴엠 현재 손상률 14.6%입니다. 몇몇 기동이 불가능
합니다.

아스카론의 말이 머리에 울린다.

"완전 빌어먹을이로군."

이슈인이 인상을 찡그렸다. 브루트를, 카로니안을 너무 우

습게 본 것 같았다.

두 번의 공격에 레퀴엠이 입은 충격은 상당했다. 그리고 그보다 더 낭패인 것은 사그라지지 않고 레퀴엠의 몸체에서 계속해서 남아 있는 불꽃이었다. 이것이 카로니안의 피어스 브레이크의 특성인 듯했다.

"내가 나한테 검풍을 날릴 수도 없고……."

랩터2 윙의 불꽃을 벗겨냈을 때의 기억을 떠올리며 이슈인이 중얼거렸다. 그 순간 한 가지 방법이 머리를 스쳤다. 이슈인은 즉각 높이 날아올랐다. 레퀴엠이 낼 수 있는 최고 속력이었다.

온몸의 마나가 미친 듯이 빠져나갔다.

"후욱."

절로 입에서 헛바람이 새어 나왔다. 이카루스로 오를 수 있는 최고 높이까지 상승했다. 브루트는 도저히 쫓아올 수 없는 높이다. 빠른 속도로 인해 이는 바람에 불꽃이 벗겨질 듯도 했지만 악착같이 붙어 있었다. 그럴 것이라 예상했기에 이슈인은 별다른 동요를 보이지 않았다.

"하지만 아래로 떨어지는 것이라면 다르지."

레퀴엠의 높이가 정점에 이르면서 몸을 뒤집었다. 그리고 땅을 향해 전속력으로 날았다.

모든 물체는 땅으로 떨어진다. 그것은 자연의 법칙이다. 그리고 높을수록 떨어지는 속도는 점점 더 빨라진다. 이슈인은 그 속도에 이카루스의 추진력을 더했다.

까마득한 높이에서 상상을 초월한 속도로 날아내렸다.

불꽃이 그 속도에 서서히 힘을 잃는가 싶더니 하나둘 벗겨지기 시작했다.

그리고 지상의 건물들이 또렷이 보이는 높이에 이르렀을 때 모든 불꽃이 벗겨졌다.

하지만 이제 문제는 다른 것이었다.

이 속도로 땅에 떨어진다면 아무리 레퀴엠이라도 무사할 수 없다. 그야말로 투신자살이나 다름없는 행동이 되어버린다. 어떻게든 비행 방향을 바꿔서 다시 날아올라야 했다.

"크윽."

이슈인은 온몸의 마나를 불어넣었다.

몸속의 장기가 전부 찢겨 나가는 듯한 격통이 찾아왔다. 한꺼번에 굉장한 속도로 마나가 빠져나가는 충격을 받은 것이다.

대신 레퀴엠은 방향을 틀었다.

콰콰콰콰콰콰.

레퀴엠의 배가 몇몇 높은 건물들의 첨탑을 부수며 방향을 꺾어 다시 하늘로 솟구쳐 올랐다. 어느 정도의 높이가 된 후 상승을 멈췄다.

"헉헉헉헉!"

이슈인은 숨을 거칠게 몰아쉬었다.

'시간이 얼마나 흘렀지?'

─도착 후 23분 52초 경과 중입니다.

혼자 한 생각임에도 아스카론의 대답이 들렸다.

아직 예상 기동 시간은 제법 남았다. 그런데도 속이 뒤집어지면서 정신이 가물가물해지는 듯한 느낌이다.

'너무 격렬하게 움직였나 보군.'

두 번이나 사용한 피어스 브레이크의 여파도 컸다.

어떻게든 빨리 끝내야 했다.

여전히 건재한 채 떠 있는 브루트가 엄청난 위세로 다가왔다.

하지만 실상은 카로니안도 비슷했다. 세 번째 피어스 브레이크 이후로 더 이상 싱크로율을 유지하고 있을 마나가 없었다.

"빌어먹을 정도로 대단하군. 젠장."

자신의 회심의 공격에서도 무사한 레퀴엠을 보며 카로니안은 얼굴을 일그러뜨린 채 중얼거렸다. 언제부터인가 그의 얼굴에서는 그의 상징이나 다름없는 미소가 사라져 있었다.

"빨리 끝내야 해……."

이슈인은 중얼거리면서 레퀴엠의 검을 쳐들었다.

이슈인으로서는 가만히 있는 시간마저도 엄청난 부담이었다. 자신의 마나로 레퀴엠을 기동시키고 있기 때문이다. 남아 있는 마나가 이미 거의 바닥으로 보이고 있는 지금으로서는 어떻게든 끝을 내야 했다.

그렇게 검을 쳐들었지만 그 순간에도 마나는 계속 빠져나가고 정신은 점점 혼미해져 갔다.

"크윽."

입술을 깨물었다. 입술에서 피가 흘러내렸지만 정신을 차릴 수가 없었다. 마나의 고갈로 찾아오는 혼미함이기 때문이다.

그렇게 이슈인은 마지막 의식의 끝을 힘겹게 부여잡고 검을 휘둘렀다.

정말 단순한 휘두름이었다. 브루트와의 거리도 상당했다. 그것은 정말로 부질없는 몸짓과도 같았다.

그 모습을 지켜본 카로니안의 두 눈에 희망의 불꽃이 피어올랐다.

레퀴엠이 저렇게 무의미한 행동을 하는 것은 라이더가 심각한 타격을 입었다는 반증이기 때문이다. 포기했던 카로니안은 다시 온몸의 힘을 끌어올렸다.

그러나, 그의 두 눈에 피어오른 희망의 불꽃이 절망의 어둠으로 바뀌는데는 그리 오랜 시간이 걸리지 않았다.

그는 본능적으로 느꼈다. 레퀴엠이 검을 휘두르며 생긴 아주 작은 살랑거리는 바람.

그것이 점차 거대해지면서 자신을 덮치고 있었다.

"뭐, 뭐지… 저건……."

아무런 형상도 없었다. 그런데 카로니안은 느낄 수 있었다. 공포와 절망으로 온몸이 덜덜 떨렸다. 저 무언가가 자신을 집어삼킨다면 절대 살아남을 수 없다.

그런 확신이 들었다.

카로니안은 서둘러 스크롤 카드를 꺼내 들었다. 자신 역시 한계였고 이미 할 만큼 했다. 저런 불길함이 다가오는데 망설일 이유가 없었다.

카로니안은 황급히 카드를 찢었다. 얼마나 서둘렀으면 탈출 직전 반드시 행해야 하는 자폭 장치 가동도 잊었다.

아니, 이미 본능이 알고 있는지도 몰랐다. 자폭 장치를 가동하지 않아도 브루트는 소멸된다는 사실을 말이다.

스크롤 카드에서 피어오른 빛이 카로니안을 다른 곳으로 이동시킨 직후.

브루트는 허공에서 소멸했다.

폭발도 폭음도 없었다.

그냥 소멸했다.

그때, 레퀴엠이 허공에서 힘없이 떨어졌다.

이슈인이 정신을 잃은 것이다. 검의 휘두름이 끝나는 순간 이미 이슈인은 정신을 잃었다.

그렇게 이슈인 자신이 처음으로 제대로 펼친 인피니트 블레이드를 인식하지도 확인하지도, 못했다.

# CHAPTER 8
## 각자의 실마리

아스카론에게서 지식을 전이받고 상당한 시간이 흘렀다. 이레아는 그사이 그 대부분을 이해하고 흡수했다. 몇몇 부분에 있어 이해하지 못한 것이 있지만 거의 9할을 자신의 것으로 만들었기에 나머지 부분은 시간을 두고 천천히 해결하기로 했다.

아스카론이 전해준 지식들을 이해할수록 이레아는 벌어지는 입을 도저히 다물 수 없었다.

"이건 절대로 외부에 흘려서는 안 돼."

이레아가 얻은 지식은 너무나 위험했다. 만일 자신이 이런 것들을 알고 있다는 사실이 새어나가기라도 한다면 자기 자신도 위험해진다. 이레아는 스스로를 지킬 힘을 가지지 못했다.

지식의 확장은 사고력과 지혜의 확장을 가져왔다.

이레아는 현재 이루어지고 있는 전쟁의 흐름도 어느 정도 알 수 있었다. 그럴수록 이해가 되지 않는 인물이 있었다.

"박스터 통령, 그의 존재 자체가 모순이야."

벨런시아 왕국의 분열을 시작점으로 잡아 논리적으로 사고를 했을 때, 그런 결론이 도출된다. 하지만 그는 분명히 실존하고 있었다.

모순의 존재. 그것이 이레아를 움직이게 만들었다. 모순이 존재한다는 것은 언제든 예기치 못한 변수가 나타날 수 있다는 뜻이기도 했다. 그래서 이레아는 모든 변수에 대비하기 시작했다.

아스카론으로부터 얻은 지식을 조금씩 사용해서 말이다.

가장 먼저 손을 댄 것은 마나 캐논이다.

이레아 자신도 천재라고 인정하는 큰 오빠가 손을 댔으나 결국 미완성으로 남은 병기다. 하지만 고대 마도 시대에 이미 그런 병기가 존재했다.

"칼라볼크……."

엄청난 탐욕이라는 의미를 가진 고대어다. 그리고 마도 시대 최강의 병기이기도 했다. 대기간테스 방어용 병기였지만 종국에는 만능 병기로 화했다. 그에 맞서 기간테스도 발전했다. 완성형이라 일컬어지는 것들의 위력을 대강이나마 가늠해 보면 대체 왜 신이 마도 시대를 멸했는지도 이해가 되었다.

너무나 위험했다.

이레아는 그중 일부를 가져왔다.

마나 캐논의 소형화. 이안은 실패했지만 이레아는 손쉽게 성공했다.

이 모든 것이 극비리에 진행되었다. 그 사실을 알고 있는 사람은 카를로 백작과 이올린이 유일했다. 왕도에 있는 이안 조차도 몰랐다.

물론 이레아가 얻은 진실한 지식의 정체는 그 누구도 몰랐다. 오직 이레아만이 알고 있었다. 아스카론조차도 이레아가 자신이 전해준 지식을 얼마나 자기 것으로 만들었는지 알 수 없을 테니 말이다.

그렇게 바첼러 영주성은 점차 요새화되어 가고 있었다.

윙 기간테스 연대가 몰려와도 능히 막을 수 있을 대륙 최고의 요새가 되었다.

그사이 원글로스의 소식이 들어왔다.

유니온이 레퀴엠 덕에 함락 직전의 위기를 벗어났다고 한다. 조금 있으면 이슈인이 원글로스로 간 지 한 달이다.

너무 조용했다.

"벨런시아는 뭔가를 준비하고 있어. 현재의 상황을 일거에 뒤집을 수 있는 것을… 지금의 소강상태는 폭풍 전야의 고요야."

이레아가 고운 얼굴을 찡그리며 중얼거렸다. 박스터 통령이라는 모순된 존재가 준비하는 한 수. 그것이 무엇인지 알수 없었지만 분명 엄청난 여파를 불러올 것이다.

설계 도면을 그리는 이레아의 손길이 더욱 바빠졌다.

*       *       *

이레아가 걱정하는 아주 커다란 변수.

블러드의 콕피트에서 제스터가 거친 숨을 몰아쉬었다. 땀으로 흠뻑 젖은 얼굴에 피곤한 기색이 역력했지만 그의 두 눈은 빛나고 있었다. 조금씩 끝이 보이고 있었다.

이제 조금만 더 하면 레퀴엠을 완벽히 파괴할 수 있다는 확신이 들 것 같았다.

제스터는 어느새 자유자재로 블러드를 움직이고 있었다.

5.0의 기간테스 출력.

제스터는 마침내 정복한 것이다.

"후후. 이제 피어스 브레이크만 남았다. 조금만 기다려라, 레퀴엠."

그 말을 중얼거린 제스터는 해치를 열고 콕피트에서 내려왔다. 그의 몸은 이미 한계였다. 또 하루의 휴식을 취해야 할 때가 된 것이다. 벌써 36시간 동안이나 훈련을 하고 있었다.

그 모습을 보는 마법사들의 얼굴은 태연했다. 처음에는 질린다는 얼굴로 보았으나 이제는 익숙한 일상의 한 단면일 뿐이다.

제스터는 자신의 집으로 향했다.

만 하루라는 시간은 그에게는 제법 긴 시간이었기 때문이다.

집에 돌아가니 반가운 얼굴이 그를 찾아와 있었다. 응당 기쁘게 맞아야 하겠지만 지금은 그럴 기력이 없었다.

"제스터 대장님!"

그를 발견한 카로니안의 얼굴에 희색이 감돌았다.

"카로니안, 미안하지만 여덟 시간만 기다려 주지 않겠나. 지금은 내 몸 상태가 영 아니라서 말이야."

그제야 카로니안은 제스터를 제대로 살필 수 있었다. 과연 그는 지금 탈진 직전의 상태였다. 이것은 자신이 유니온에서 탈출했을 때의 상태보다 훨씬 심각했다.

"아, 알겠습니다."

"그래. 시종들에게 일러둘 테니 편히 쉬고 있어. 아니면 다른 일을 보고 다시 찾아오든. 미안해."

그 말을 남기고 욕실로 들어간 제스터는 시종들의 도움으로 목욕을 순식간에 끝내고 깊은 잠에 빠졌다.

카로니안은 응접실의 소파에 편히 앉아 상념에 잠겼다. 그의 머릿속은 유니온에서의 일로 복잡하기 이를 데 없었다.

여덟 시간은 긴 시간이었지만 금세 흘렀다. 카로니안이 그만큼 깊은 생각에 잠겨 있었기 때문이다.

"무슨 일이야?"

뒤에서 들려오는 제스터의 목소리에 카로니안은 퍼뜩 정신을 차렸다.

"그제 원글로스에서 돌아왔습니다. 어떻게 지내시는지 궁금하기도 하고, 원글로스에서의 일도 말씀드리고 싶어서요."

"그래?"

시녀가 차를 내왔다. 테이블을 가운데로 하고 두 사람은 마주 앉았다.

차로 입술을 축이며 카로니안이 담담히 이야기를 꺼냈다. 얼마간 원글로스로 파견을 갔던 것치고는 그가 겪은 경험은 엄청났다. 제스터조차도 쉬이 겪지 못할 것들이었다.

카로니안의 이야기는 길었으나 지루하지 않았다. 찻잔의 차가 식는 줄도 모르고 두 사람은 이야기에 몰입했다.

이윽고 카로니안의 이야기가 끝이 났을 때 찻잔은 이미 차갑게 식어 있었다.

시녀가 눈치 빠르게 차를 새로 내왔다.

"후우. 역시 엄청나군, 레퀴엠은. 고마워. 덕분에 중요한 정보를 얻었어."

"아닙니다."

"그나저나 자네가 나보다 먼저 피어스 브레이크를 사용하게 될 줄이야. 역시 내 눈은 틀리지 않았다. 남들은 자네를 반쪽짜리라 놀렸지만 내가 볼 땐 자네의 반쪽은 다른 이들의 온쪽보다 훨씬 커. 그렇고 말고."

"감사합니다."

카로니안은 진심을 담아 말했다.

"아니야. 사실인걸. 그리고 이제는 내가 자네에게 배울 차례야. 될 듯 될 듯하면서 안 되고 있거든."

"뭐가 말입니까?"

"뭐긴. 피어스 브레이크지. 어디 비결을 좀 가르쳐 줘보라구."

이제 두 사람은 기간테스의 운용에 대해 깊은 토의에 들어갔다. 시녀가 눈치 빠르게 차를 바꿔놓았건만 그 차 역시 차갑게 식어가고 있었다.

*　　　*　　　*

이슈인이 정신을 차린 것은 꼬박 이틀이 지난 후였다. 그정도로 이슈인의 마나 소모는 엄청났다. 정말로 마지막 한 방울까지 쥐어짜 내다시피 한 것이다.

원글로스의 마법사들은 이슈인을 레퀴엠에서 꺼낸 후 은밀히 연구하려 했다. 하지만 이슈인이 콕피트 밖으로 나오고 5분이 지나자 자동으로 역소환되었다. 물론 아스카론이 그런 것이다.

호크가 이틀 동안 걱정 가득한 얼굴로 이슈인을 간병했다. 덕분에 이슈인이 눈을 떠서 가장 먼저 본 사람이 호크였다.

"어떻게 됐지?"

힘겹게 입을 열어 물었다. 자신이 멀쩡하게 누워 있고 호크가 지켜보고 있다면 아마도 적이 그냥 물러갔으리라.

"소멸되었어요."

호크가 기쁨 가득한 얼굴로 이슈인을 보며 말했다. 이슈인이 정신을 차렸다는 것이 그에게는 참으로 커다란 기쁨이었다.

"소멸?"

이슈인이 의아한 듯 중얼거렸다. 소멸이라니, 대체 무엇이 어떻게 말인가?

"네. 브루트가 소멸되었어요. 어떻게 된 것인지 모르겠지만 갑자기 먼지가 스러지듯이 그렇게 사라졌어요."

그 누구도 그것이 레퀴엠의 마지막 휘두름 때문이라는 것을 눈치채지 못했다. 설마 그런 것이 가능할 것이라고는 상상조차 해본 적이 없을 것이다. 그것은 이슈인 역시 마찬가지였다.

그래서 무언가를 더 알아보고 싶었다.

하지만 금세 졸음이 몰려왔다.

"졸리군. 일단 좀 더 자고 나서 마저 이야기하자."

그 말을 끝으로 이슈인은 깊은 잠에 빠져들었다.

이슈인은 하루를 잤다.

결국 별동대의 습격이 있은 날로 사흘이 지난 뒤에야 정상적으로 활동하기 시작했다. 그사이 유니온은 제법 정비되어 있었다. 기간테스까지 동원하여 뒷수습을 한 덕이다. 이것은 메틀라인 왕국군이 록힐 광산 점거 후 요새를 만들던 것을 따라한 것이다.

이슈인은 소파에 앉아 창밖을 바라보고 있었다.

그리고 사흘 전의 일을 생각했다. 자신이 정신을 잃고 무슨 일이 벌어진 것일까?

'아스카론, 너는 알고 있지?'

이슈인이 물었다.

─네, 마스터.

'대체 어떤 일이 있었던 거지?'

─호크란 자의 말대로입니다. 갑자기 브루트가 소멸되었습니다.

'그런 게 가능해?'

말도 안 된다는 얼굴로 되물었다.

─저도 처음 겪는 현상입니다. 압도적으로 강력한 힘이 순식간에 브루트를 소멸시켰습니다.

'그 힘이 어디에서 나온 건데?'

─그것이…….

아스카론이 말끝을 흐렸다. 그런 일이 없었기에 이슈인은 고개를 갸웃거렸다.

'왜 그래?'

이슈인이 다시 물었다.

―제 탐색 결과로는 레퀴엠에게서 나왔습니다만… 당시 마스터께서 모든 마나를 소진하고 정신을 잃었을 때라 그런 일은 불가능합니다.

아스카론이 알 수 없다는 듯 자신없이 말했다.

그 말에 이슈인은 고민에 잠겼다.

결국 그런 소멸은 절대 일어날 수 없었다. 그런데 일어났다. 아스카론은 논리와 실재 사이에서 갈팡질팡하고 있었다.

"흐음."

이슈인도 고민에 잠겼다. 그래도 딱히 논리적으로 설명할 수 있는 것이 아니다. 그는 그때 아예 정신을 잃고 있지 않았던가.

그렇게 역사적인 한순간을 둘은 깨닫지 못하고 있었다.

똑똑.

그때 노크 소리가 들렸다.

"들어와요."

이슈인의 대답에 들어온 이는 호크였다.

"사령관께서 잠시 만나고 싶다고 하십니다."

브라이트 백작의 호출이었다. 지금까지 당장에라도 부르고 싶었으나 이슈인의 몸 상태 때문에 이제야 부른 것이리라.

이슈인은 몸을 일으켰다. 사흘이나 정신을 놓고 있었으니 빨리 가보는 것이 예의라는 생각에서다.

군사령부 건물은 브루트의 습격으로 처참하게 파괴되었다. 그래서 다른 건물을 임시로 사용하고 있었다. 호크는 익숙한 길인 듯 수월하게 안내했다.

사령관실에 들어가자 브라이트의 얼굴이 딱딱하게 굳어 있었다.

"찾으셨다고요?"

"그래. 앉지."

브라이트 백작의 목소리는 무겁기 그지없었다.

"무슨 일입니까?"

"지난번의 일로 왕국 수뇌부의 생각이 바뀌었네."

브라이트가 대답했다.

"네?"

이슈인이 이해할 수 없다는 듯 반문했다.

"윙 기간테스 한 기의 위력에 압도당했다고 봐야지."

그렇게 말하는 백작의 얼굴은 어두웠다. 아무리 공화국 최신예 윙 기간테스였다고는 하지만 고작 한 기에게 그토록 무력하게 당했다는 사실은 그들에게는 악몽이었다.

그리고 달리 생각하게 되었다.

브루트를 상대한 레퀴엠이라면 최소한 그보다 더 뛰어난 위력을 보일 것이라고 말이다.

"그들이 그랬다면 우리도 그럴 수 있지. 우리에게는 자네가 있으니 말이야."

브라이트 백작이 이슈인을 똑바로 쳐다보며 말했다. 그 눈에는 자신들의 복수를 꼭 이루어달라는 염원이 담겨 있었다.

"결국 저 혼자서 그들의 거점을 파괴해야 한다는 말이군요."

이슈인의 물음에 브라이트가 고개를 끄덕였다.

"자네는 이미 그것을 해내지 않았나. 로마노크 요새를 아주 제대로 망가뜨려 놨더군. 하지만 브루트에 의해 우리 유니온도 상당히 망가졌다네. 이제는 우리끼리의 싸움이 아니야."

거기까지 말한 브라이트 백작은 시가를 꺼내 물었다. 불을 붙이자 독한 연기가 코를 자극했다.

"후우."

입안 가득 머금은 연기를 뱉어낸 후 다시 이야기를 계속했다.

"저들도 이번에 윙 기간테스의 위력을 제대로 깨달았을 걸세. 그들은 별동대를 보내면서도 설마 이 정도의 성과를 보일 것이라고는 상상도 못했을 테니 말이야. 그러니 공화국에 더 많은 지원을 요청하겠지. 그전에 우리가 부숴야 해. 저들은 공화국에서 세 기의 브루트를 지원받았어. 자네가 한 기를 파괴했고, 한 기는 이번에 알 수 없는 이유로 소멸되었지."

시가가 그에게 어떤 힘을 줬음인가. 브라이트 백작은 쉬지 않고 말을 쏟아냈다.

"우리로서는 남아 있는 한 기의 브루트도 엄청난 위협이 야. 이미 당한 경험이 있으니까. 그러니 자네가 그들을 빨리 좀 처리해 주게."

원글로스는 그야말로 벼랑 끝에 몰려 있었다. 이슈인과 레 퀴엠이 아니었다면 아무런 방법도 없는 그런 절체절명의 위 기에 처해 있는 것이다.

지금으로서는 레퀴엠이 그들의 유일한 희망이었다.

"알겠습니다. 바쁘게 움직이도록 하지요."

"고맙네!"

승낙이 떨어지자 브라이트 백작은 벌떡 일어나 이슈인의 양손을 꼭 잡았다. 이슈인의 대답이 그들에게 한줄기 희망의 빛을 선사했다.

"오늘은 몸을 좀 추스르고 내일부터 움직이기 시작하겠습 니다."

"마음대로 하게나."

"아, 그리고 남은 한 기의 브루트의 소재를 파악해 주십시 오. 그것부터 먼저 처리하지 않으면 아무래도 움직임에 제약 이 있을 것 같으니까요."

"물론이지."

사실 이슈인도 브루트의 위력과 취약한 유니온의 방어력

에 무척이나 놀랐다. 그 정도로 속수무책으로 당할 줄은 몰랐던 것이다. 이번 같은 불상사가 없도록 하려면 먼저 브루트를 처리해야 했다.

*            *            *

와인잔을 가득 채운 붉은빛의 액체가 요사스럽게 빛나고 있다. 몽마의 유혹인 양 그 액체가 케이프를 향해 손짓한다. 입가에 잔인한 미소를 베어 문 케이프는 잔을 입술로 가져갔다.

달콤하면서도 쌉싸래한 그 맛은 그야말로 악마의 맛이었다.

지금 케이프의 결심을 더욱 확고하게 굳혀줄 그런 술이다. 지금 손에 들린 와인은 말이다.

"후후후. 아버지, 이제부터는 제 세상을 만들도록 하겠습니다."

길고 긴 고민이었다. 무려 일주일을 끌지 않았던가. 그리고 오늘 결국 결정을 내렸다. 지금 그의 손에 들린 와인은 홀로 드는 축배의 잔이었다.

"아버지는 너무 강한 분입니다. 그래서 제가 나설 수가 없었지요. 적어도 바첼러 백작처럼 장자에게 길을 열어주셨더라면 제가 이 길을 택하지는 않았을 겁니다."

스스로에게 하는 변명일까? 목소리가 낮게 가라앉아 있었다. 하지만 진득한 미소는 더욱 진해졌다.

일주일 전 은밀히 자신을 찾은 이를 다시 불러야 했다. 자신의 결심을 전해야 했으니까.

이제 자신은 언제든 뽑을 수 있는 칼을 준비해야 했다. 그것도 그들이 제공을 할 테지만 어찌 그들만 믿을 것인가.

세상에서 믿을 수 있는 사람은 오직 하나다.

바로 자기 자신.

그것이 케이프의 신념이었다.


\*　　　\*　　　\*


"후후후. 그래, 넘어왔다고?"

"네."

엥겔스의 보고에 박스터는 기분 좋은 미소를 지었다.

"메틀라인도 생각보다 취약하군. 그런 큰 허점을 두다니."

"어떻게 하시겠습니까?"

"비수는 보이지 않는 곳에서 의외의 순간에 찔러야 그 위력이 더욱 커지는 법이야."

턱을 괴고 낮게 중얼거린 박스터는 연신 미소를 짓고 있었다. 이번 일의 성사는 그 정도로 그의 기분을 좋게 만들어주었다.

"일단 그가 원하는 것은 모두 지원해 줘. 우리에게는 비장의 한 수니까."

"알겠습니다."

"그리고 그에게도 함께 움직이라고 해. 이제는 움직일 때도 되었어."

"그까지 움직이란 말씀이십니까?"

엥겔스가 확인차 다시 한 번 물었다.

"그래. 그 녀석 하나로는 만약의 사태가 벌어질 수 있어. 하지만 둘이 힘을 합친다면 확실하겠지."

"알겠습니다."

엥겔스가 허리를 숙이며 답했다.

"제스터는 어찌 되었나?"

"잘 모르겠습니다."

"응? 그게 무슨 말인가?"

엥겔스의 대답에 박스터의 얼굴에서 웃음이 사라졌다.

"평소와 행동 패턴이 달라졌습니다."

"행동 패턴이?"

"네. 평소라면 어제 다시 훈련을 시작했어야 합니다만…어쩐 일인지 자신의 집에서 두문불출입니다."

엥겔스가 곤혹스럽다는 얼굴로 말했다.

"어찌 된 일인지 알아봤나?"

"네. 집사에게 알아보니 명상에 빠져 있다고 합니다. 자신이 나올 때까지 절대 누구도 들여보내지 말라고 하고는 방에 틀어박혔다고 합니다."

"흐음……."

엥겔스의 대답은 박스터에게 새로운 고민을 안겨주었다.

"카로니안이라고, 이번에 원글로스에서 돌아온 라이더와 만난 후 그런다고 합니다."

"카로니안?"

엥겔스의 말에 박스터가 반문했다.

"네. 이번에 유니온을 쑥대밭으로 만든 그 라이더입니다."

"아, 그 친구."

카로니안에 대한 내용도 이미 보고가 올라와 있었다. 아주 인상적인 내용이었기에 박스터도 금세 기억을 떠올렸다.

"흠. 어쩐 일인지 알 수는 없으나 그가 쓸데없는 짓을 할 인물은 아니지 않은가. 어차피 아직 시간이 있으니 믿고 기다리도록 하지."

"알겠습니다."

*     *     *

"이거 너무 조용하지 않아?"

"조용하면 좋지."

라이어의 물음에 벨라나가 피식 웃으며 대답했다.

"여긴 적의 영토야. 그래서 조용한 게 오히려 불안하다구."

식사를 멈추고 벨라나를 바라보며 라이어가 말했다. 그의 눈은 미세하게 떨리고 있었다. 어느덧 소강상태에 빠져든 지 한 달의 시간이 흘렀다. 그럼에도 이렇게 조용하니 곧 무언가 터질 거라는 불안이 그를 지배하기 시작했다.

"그렇긴 해. 우리가 이렇게 야금야금 영역을 넓히는데도 일체의 대응이 없으니."

벨라나 역시 공감한다는 듯 고개를 끄덕였다.

한 달 사이 메틀라인은 록힐 광산 주변을 야금야금 지어 삼키고 방어진을 더욱 견고히 쌓았다. 이미 매트 성까지 손에 넣은 후였다.

이것은 일종의 도발이었다. 하지만 벨런시아는 반응하지 않았다. 그들의 그런 무반응이 이안에게 또 다른 고민을 안겨주었다. 하지만 세워놓은 계획은 착착 진행되고 있었다.

"이슈인은 잘 있을까?"

벨라나가 화제를 돌리려는 듯 하늘을 올려다보며 물었다. 불안한 데 계속 불안한 이야기만 할 이유는 없었다.

"잘 있겠지. 누가 뭐래도 레퀴엠의 라이더잖아. 똑똑하고 강하고. 혼자 어디에 떨어져도 잘 있을 녀석이야."

라이어의 말에 벨라나는 고개를 끄덕였다.

"그렇지. 그때도 오직 혼자만 눈치채고 멈췄을 정도니까."

"아! 그때?"

벨라나의 말에 그때를 떠올린 듯 라이어는 피식 웃었다.

"그랬지. 치사한 녀석, 혼자만 살겠다고. 난 선봉으로 뛰어들었는데 말이야."

"그래서 제일 먼저 머리 박고 말이야. 호홋."

"큭."

그들은 훈련소 퇴소식 날을 이야기하고 있었다.

그들을 그렇게 괴롭혔던 교관들의 진실한 정체를 알게 된 그날. 그때는 그렇게 이가 갈렸는데 이제는 전장에서 웃음을 주는 추억으로 변해 있었다.


*　　　　*　　　　*


일주일이 지났다.

이른 아침부터 이슈인이 출격 준비를 했다. 이제부터 정말로 레퀴엠과 아스카론의 모든 성능을 끌어내야 했다. 그렇기에 방해가 되는 호크를 억지로 돌려보냈다.

섭섭함에 두 눈이 새빨갛게 변한 채 눈물을 흘리던 그 모습이 뭉클했으나, 돌려보낼 수밖에 없었다.

이제 곧 폭풍 전야의 고요가 끝나고 진정한 폭풍이 다가올 것만 같은 그런 예감이 들었기 때문이다. 그전에 이곳의 일을 정리하고 메틀라인으로 돌아가야 했다. 자신만이 그 폭풍을 막을 수 있을 것 같았다.

"브루트는 데루트 영주성에 있다고 하네."

출격 직전 브라이트 백작이 허겁지겁 찾아와서 전해준 정보다. 그들도 불안했는지 최고의 전력을 방어로 돌렸다.

그 편이 이슈인이 움직이기에는 더 편했다.

"알겠습니다. 그럼 빨리 정리하도록 하겠습니다."

"그럼 수고해 주게."

두 눈이 퀭하고 빨갛게 충혈된 것이 이 정보를 얻기 위해 밤을 새우면서 부하들을 닦달한 모양이었다.

그런 브라이트 백작의 배웅을 받으며 레퀴엠은 주홍빛 이카루스를 펼치고 하늘로 날아올랐다.

"아스카론."

─네, 마스터.

"목표는 사카인 성이다."

─적의 본거지를 가장 먼저 치실 생각입니까?

아스카론이 물었다.

"팔다리를 자르고 숨통을 끊어놓는 게 일반적인 순서이긴 한데, 심장을 먼저 찌르면 팔다리도 움직이지 못하니까 이쪽이 빠르지. 위험부담이 있지만, 유니온의 꼴을 보니 그렇게 위험할 것 같지도 않아."

이슈인이 대답했다. 호크가 없으니 자유로이 아스카론의 모든 능력을 사용할 수 있어 편했다. 하지만 지형을 확인할 때는 그의 존재가 아쉽기도 했다. 하지만 이제부터는 그런 것에 상관없이 공격할 예정이었기에 큰 지장은 없었다.

—맞는 말씀입니다.

"그런데, 아스카론."

—네.

"내가 어제 하루 곰곰이 생각해 봤는데 말이야."

이슈인이 지난 하루 자신의 화두가 되어준 것에 대해서 말을 꺼냈다.

"마나석의 마나가 모두 떨어졌을 때 나의 마나로 레퀴엠을 움직였잖아."

—네.

"만약 마나석의 마나가 남은 상태에서 나의 마나로 레퀴엠을 움직이면 어떻게 될까?"

이것이었다.

이슈인으로서는 도무지 알 수 없었다.

—모릅니다.

"뭐?"

아스카론의 대답에 이슈인이 잘못 들었다는 듯 다시 물었다.

—모릅니다.

아스카론은 똑같은 대답을 반복했다.

"너도 모른다고?"

이슈인이 다시 한 번 확인했다.

—그렇습니다.

"왜?"

—지금까지 시도된 적도 없고 고려된 적도 없는 방법이기 때문입니다.

아스카론의 대답에 이슈인은 수긍을 했다. 하지만 또 다른 의문이 일었다. 자신도 쉽게 고민한 문제를 지금까지 아무도 고민하지 않았을까? 그런 의문이었다.

—사실 오퍼레이터의 마나로 타이탄을 움직인다는 것 자체가 비상용 기동법입니다. 마도 시대에는 그런 지경까지 가는 일은 거의 없었습니다. 보통의 오퍼레이터가 일생에 한 번 경험할까 말까 한 일이었습니다.

이어진 아스카론의 설명에 이슈인은 새로이 생긴 의문을 해결할 수 있었다. 그때는 마나 잔량의 부족이 거의 없었다는 말이다.

마나 엔진과 마나 코어의 차이였지만 아스카론은 거기까지 설명하지는 않았다.

"그러면 한번 해볼까?"

—하지 않는 것이 좋을 것 같습니다.

아스카론이 반대 의견을 냈다.

"왜?"

—지금은 빠른 시간 안에 본국으로 돌아가는 것이 중요하기 때문입니다. 그러자면 불확실한 방법은 위험부담이 생깁니다.

아스카론의 말이 맞았다.

하지만 이슈인은 왠지 그렇게 하면 또 다른 엄청난 세계를 볼 수 있을 것 같은 예감에 미련이 남았다.

그런 이슈인의 마음을 읽은 것일까?

─빨리 작전을 끝낼수록 시도해 볼 시간이 생깁니다.

"좋았어."

아스카론의 말에 이슈인은 마나구에 더욱 많은 마나를 불어넣었다. 그에 따라 이카루스가 더욱 크게 펼쳐졌고, 레퀴엠의 속도도 빨라졌다.

제어용 마나를 불어넣는 것은 기동용 마나를 불어넣는 것과는 달랐기에 크게 부담이 되지 않았다.

─깜빡 잊고 말씀 안 드렸습니다만······.

얼마나 날았을까? 아스카론의 말이 들렸다.

"뭔데?"

─지난번 전투에서 싱크로율이 상승했습니다.

"얼마나?"

이슈인이 기쁜 듯 물었다.

─마스터의 마나로 레퀴엠의 기동을 시작하는 순간 최고 싱크로율 97%를 기록했습니다.

0.63% 오른 수치다.

그렇게 많이 오른 것은 아니다. 하지만 이미 이슈인의 싱크로율은 한계에 부딪친 상황이었기에 그 정도만 해도 대단한 일이었다.

　―그리고…….

　아스카론의 말이 계속 이어졌다.

　―마스터께서 정신을 잃기 직전 마지막 일격 때의 싱크로율은 98%였습니다.

　98%!!

　놀라운 수치였다.

　인간으로서는 불가능하다고 하는 수치를 이슈인은 기록하고 있었다. 그 말을 들은 이슈인 역시 믿기지 않는 듯 얼떨떨한 얼굴을 하고 있었다.

　"그게 가능해?"

　―솔직히 저도 놀랐습니다.

　아스카론은 진심인 듯 이야기했다.

　"지금은?"

　―90%대를 유지하고 있습니다.

　아무래도 전투 시 집중력이 더욱 올라가는 것 같았다. 그리고 그럴 수밖에 없었다. 하지만 단순한 이동에도 90%의 싱크로율을 기록한다는 것은 그만큼 이슈인이 발전했다는 이야기였다.

# CHAPTER 9
## 파국으로 치닫는 반란

"비상! 비상!"

사카인 성의 병사들의 움직임이 바빠졌다. 많은 병사들의 얼굴이 새하얗게 질려 있었다. 겁에 질린 병사들은 굼뜬 동작을 보였고 그런 이들에게는 어김없이 지휘관의 발길질이 날아갔다.

혼란에 빠진 것은 병사들만이 아니었다.

데루트 공작을 비롯한 수뇌부 대부분 역시 당황한 빛이 역력했다.

그들을 이렇게 만든 것은 한 경계병의 외침이 시작이었다.

"레, 레퀴엠! 레퀴엠이다!!!"

비명에 가까운 그 외침은 사카인 성을 순식간에 패닉에 빠뜨린 것이다.

"어, 어떻게 하지요?"

귀족 중 한 명이 얼굴이 새하얗게 변해서 데루트 공작을 바라보았다.

"이 무슨 추태요! 그래서 어찌 자랑스러운 혁명군이라 할 수 있겠소!"

혁명군.

데루트 공작 일파가 스스로를 부르는 명칭이다. 국왕군이 반란군이라 부르는 것과는 전혀 다른 의미의 말이다.

"공작, 막을 수 있는 것이겠지?"

그때 가늘게 떨리는 목소리가 데루트 공작의 귀에 들렸다. 그곳으로 고개를 돌린 공작은 얼굴을 찌푸렸다.

어느새 로칸드 원 글로스가 새하얗게 질린 얼굴로 회의실에 나타난 것이다. 그는 지금 공포에 질려 있었다.

주색잡기에 빠져 있던 그도 레퀴엠에 대한 소문은 들은 모양이었다.

소문을 들었다는 것이 문제였다. 본디 소문이란 진실이 몇 배로 부풀려진 것이었기에.

자신들이 차기 국왕으로 내세우는 자가 저런 실망스런 모습을 보인다는 것이 혁명군 수뇌부의 심정을 착잡하게 만들었다. 꼭두각시로 만들기 쉬운 인물을 선택한 것이 지금 같은 상황에서는 이리 실망스러울 것이라고는 생각지 못했던 것이다.

"브루트는?"

"조금 전 출격했습니다."

들려온 대답에 데루트 공작은 고개를 끄덕였다.

"성 전체에 펼쳐진 방어 마법을 발동시키고, 방어를 철저히 하도록 하게."

그로서는 할 수 있는 말이 그것밖에 없었다.

설마 이곳으로 바로 치고 들어올 줄은 몰랐기에 그들이 겪는 혼란은 더욱 컸다. 그들이 희망을 걸 것이라고는 브루트가 유일했으나 지금까지 레퀴엠의 전적으로 보았을 때는 불가능할 듯했다.

사카인 성 전체가 은은히 빛나기 시작했다. 방어 마법이 가동된 것이다. 로마노크 요새의 그것보다 훨씬 강력한 방어 마법이었다.

그사이 브루트가 붉은 이카루스를 펼치고 하늘로 날아올랐다.

브루트의 라이더 호아킨의 얼굴은 딱딱하게 굳어 있었다. 이미 레퀴엠에 관한 수많은 이야기를 들은 탓이다.

무엇보다 그의 우상인 제스터가 레퀴엠에게 패해 지금 절치부심하며 훈련을 하고 있다는 이야기는 공화국군의 라이더 사이에서는 유명한 이야기이지 않은가. 그런 적을 지금 자신이 맞으러 나가야 했다.

"브루트인가?"

이슈인은 사카인 성에서 레퀴엠을 향해 접근하는 붉은빛을 보고 중얼거렸다.

상대가 브루트이든 무엇이든 상관없었다. 지난번에 제법 고전을 했지만 그것은 라이더가 카로니안이었기 때문이다.

레퀴엠이 검을 뽑아 들었다. 주홍빛 이카루스가 크게 펼쳐졌다.

순식간에 브루트와의 거리를 좁혔다.

"크윽."

놀랍도록 빠른 속도는 절로 호아킨이 신음을 흘리게 만들었다.

브루트가 검을 뽑아 들었다. 특이하게도 호아킨은 쌍검을 사용했다. 보통은 검과 방패를 꺼내 들게 마련인데 호아킨의 브루트는 롱 소드 두 자루만 꺼내든 것이다.

"검만 두 자루라… 특이한 녀석이군."

그 모습을 보며 이슈인이 중얼거렸다.

"이얏!"

그때 브루트가 먼저 달려들었다. 얼어붙어 있다가 허무하게 당할 수 없다는 생각 때문이었다.

레퀴엠은 품으로 날아오는 브루트의 검을 여유롭게 피했다. 한쪽으로 슬쩍 상체를 틀어 완벽히 피한 순간, 또 다른 검이 아래에서 위로 훑어왔다.

챙!

검과 검이 부딪친 소리가 하늘에 울린다.

레퀴엠의 검이 브루트의 검을 막은 것이다.

"검이 두 자루라 이거지?"

이슈인은 다시 한 번 중얼거렸다. 보통의 기간테스라면 그런 공격은 없었다. 방패가 정면에서 짓쳐들 뿐 아래에서 위로 쓸어오지는 않는다.

왼손에도 검을 들었기에 가능한 공격이었다. 이슈인은 너무 방심한 자신의 마음을 추슬렀다.

—위험합니다!

그때 아스카론의 목소리가 울렸다.

"이크."

이슈인은 재빨리 레퀴엠의 상체를 숙였다. 그 위치로 검날이 공기를 가르며 지나갔다. 처음 레퀴엠이 피했던 오른손에 들린 검이었다. 왼손의 검이 막힌 순간 그 반동으로 몸을 뒤로 회전하면서 레퀴엠을 베어갔던 것이다.

"오오!!"

망원경으로 두 기의 전투를 지켜보던 몇몇 병사의 입에서 탄성이 터졌다. 생각 외로 자신들의 브루트가 선전하고 있었기 때문이다.

'어쩌면' 이라는 이름의 희망이 그들의 가슴속에서 조금씩 싹트고 있었다.

이슈인은 재빨리 뒤로 날아 상대와의 거리를 벌렸다. 상대를 너무 우습게 보고 전투의 흐름을 쉽게 적에게 빼앗겼기 때문이다. 일단 거리를 벌린 후 다시 처음부터 시작해야 했다.

—싱크로율이 83%까지 떨어졌습니다.

"쳇."

세상 그 무엇보다 무서운 적은 자만이었다.

이슈인은 양손으로 검을 잡고 호흡을 가다듬었다. 적을 우습게 보는 마음을 버리고 평소대로 하면 될 일이다.

그때 브루트가 다시 날아들었다. 조금 전의 공방으로 자신감을 가진 듯했다.

이번에는 위에서 아래로 떨어지는 참격이 날아왔다.

이슈인은 침착하게 검을 들어 그 공격을 옆으로 흘렸다. 그 순간 허리로 검이 날아든다. 레퀴엠은 재빨리 아래로 하강했다.

지상의 싸움과 다른 것은 아래로도 움직일 수 있다는 것이다. 검이 허공을 가르고 지나갔다. 그때 레퀴엠의 검이 아래에서 위로 솟구쳤다.

챙.

브루트는 두 개의 검을 교차해 레퀴엠의 공격을 막았다.

하지만 이슈인은 아랑곳하지 않았다. 막힌 그대로 밀어붙였다. 마나 엔진과 이카루스. 어느 것 하나 출력이 떨어지는 것이 없었다.

기간테스를 잡아주는 마찰력이 없었기에 브루트는 그대로 뒤로 밀렸다.

아래에서 위로 베어간 검이었기에 레퀴엠은 역수와 같은 형태로 검을 쥔 채 브루트를 계속해서 밀어붙였다.

"크윽."

레퀴엠의 검이 파고드는 힘에 호아킨은 신음을 흘렸다. 출력의 차이가 엄청났다. 브루트의 양팔이 부들부들 떨렸다. 하지만 어떻게든 버텨야 했다. 뚫리면 적의 검은 그대로 콕피트를 파고들 것이다.

그때 온몸이 출렁이는 듯한 느낌을 받았다.

호아킨은 재빨리 주변을 둘러보았다. 하지만 여전히 푸른 하늘 한가운데서 뒤로 밀리고 있었다. 눈에 보이는 풍경은 달라진 것이 없었다.

그러나 몸이 느끼는 힘이 달라졌다.

"대체……."

알 수 없었다. 재빨리 사방을 돌아보았다. 그리고 뒤쪽을 보았을 때 깜짝 놀랐다.

모든 곳이 푸르렀지만 뒤쪽은 달랐다. 그곳은 초록빛 평원이 펼쳐져 있었다.

결국 지금 자신은 지상을 향해 떨어지고 있는 것이었다.

"어, 어떻게!!!"

이슈인이 밀어붙이는 방향을 교묘하게 바꿔 그런 상태로 만들었다는 것을 그는 이제야 눈치챈 것이다.

"아, 안 돼!"

이대로 추락하면 자신은 죽는다. 어떻게든 버티려 이카루스의 출력을 최대로 올렸으나 요지부동이다. 낙하하는 속도를 조금 늦췄을 뿐 자신이 뒤로 밀리고 있다는 것은 어떻게할 수 없는 사실이었다.

"젠장."

얼굴에서 핏줄이 불룩불룩 솟아올랐다. 어떻게든 이 난관을 타개해야 했다.

그 모습을 지켜보는 병사들의 입에서 말이 사라졌다.

"후훗."

이슈인의 입가에는 여유로운 웃음이 걸렸다. 어떻게든 벗어나려 안간힘을 쓰는 상대의 움직임이 느껴졌으나 다 부질없는 짓이었다. 검에 뚫리든, 땅에 처박히든 둘 중 하나의 선택만이 가능했다.

—3초 후 한계 고도에 들어섭니다.

"여기까지인가?"

아스카론의 말에 이슈인은 곧 하강을 정지할 준비를 했다. 이 이상 떨어져 내린다면 자신까지 땅에 박히는 수가 있었다.

—3. 2. 1. 0!

아스카론이 0을 외치는 순간 이슈인은 낙하를 정지했다. 그리고 곧바로 급상승을 시도했다. 급격한 정반대의 방향 전환으로 어마어마한 압력이 이슈인의 몸을 짓눌렀다.

그러나 아무렇지도 않다는 듯 이슈인은 계속해서 날아올랐다.

"이때다!"

레퀴엠이 떨어져 나간 것을 확인한 호아킨은 어떻게든 날아오르기 위해 이카루스의 추진력을 최대치로 끌어올렸다.

"잘 가라구."

그 모습을 확인한 이슈인은 투창을 꺼내 들었다. 아래로만 떨어지는 표적을 맞춘다는 것은 아주 쉬운 일이었다.

"돼, 됐다."

조금씩 낙하 속도가 줄어드는 것을 확인한 호아킨의 얼굴에 안도의 기색이 떠올랐다. 이 정도면 아슬아슬하게 추락을 면할 수 있을 것 같았다.

슈우웅!

그때 공기를 가르는 파공성이 그의 귀를 파고들었다. 호아킨은 재빨리 소리의 진원지를 찾았다. 브루트를 향해 빠른 속도로 날아오는 투창이 두 눈을 가득 채웠다.

"빌어먹을!!!"

절규와도 같은 호아킨의 외침이 콕피트를 가득 채우는 순간 레퀴엠의 투창이 브루트의 복부에 격중했다.

콰콰콰쾅!!

투창에 내장된 익스플로전 마법이 발동하면서 브루트는 허무하게 땅에 처박혔다. 그리고 아무 움직임이 없었다.

그대로 침묵에 빠진 것이다.

"우, 우……."

망원경으로 그 모든 모습을 지켜본 병사들은 아무런 말을 하지 못했다. 겁에 질린 것이다. 너무나 순식간에 결정이 나버렸다. 그만큼 압도적으로 레퀴엠이 강하다는 것이다.

"나, 난 살 거야!!"

그때 누군가가 망원경을 내팽개치고 달리기 시작했다. 성 밖으로 달아나려는 것이었다.

"나, 나도!"

한 명의 행동이 도화선에 불을 붙인 것일까? 레퀴엠과 브루트의 싸움을 지켜본 병사들은 미친 듯이 성문을 향해 뛰기 시작했다. 그들은 이곳에 있다가는 반드시 죽을 것이라는 것을 느끼고 있었다.

"멈춰라!"

"도망은 용서 못한다!"

지휘관들이 목이 터지게 외쳤지만 그들은 죽어라 달렸다.

하지만 성문은 굳게 닫혀 있었다.

"열, 열어줘!"

"우리는 싸우기 싫어!"

"우릴 나가게 해줘!!!"

미친 듯이 성문을 두드렸다. 그 모습은 다른 병사들에게까지 영향을 미치기 시작했다. 이미 소문은 귀에 못이 박히도록 들은 터였다. 그런데다가 전투를 지켜본 동료들이 저런 모습을 보이니 억지로 눌러뒀던 공포가 슬금슬금 그 모습을 드러내기 시작했다.

본디 공포의 전염은 놀랍도록 빠르지 않던가.

이제 보통의 병사들까지 하나둘 성문을 향해 뛰기 시작했다.

"우아아아악!"

병사들의 절규와도 같은 외침이 성문에서 터져 나왔다. 지휘관들은 어찌할 바를 몰라 하며 발만 구르기 시작했다. 그들로서는 저들을 막을 수가 없었다. 아무리 보잘것없는 병사라지만 그 수가 어마어마했다.

처음의 한 명이 도망치기 시작했을 때 그를 베었어야 했다. 타이밍을 놓치자 수습이 불가능할 지경에 이르렀다.

그때,

쾅!

요란한 소리가 울렸다.

"으악!"

"밟았다!"

"미친놈!"

그리고 뒤이어 터진 병사들의 비명.

어느새 나타난 데난이 성문 앞에 진을 치고 아우성치던 병사를 밟아버린 것이다. 세 명의 병사가 시체조차 제대로 남기지 못하고 그렇게 목숨을 잃었다.

"모두 자기 자리로 돌아간다! 아니면 이 데난의 발에 밟히던지."

위압감 가득한 목소리가 데난으로부터 울려 퍼졌다.

그리고 데난은 다시 한쪽 발을 들었다.

그러자 병사들이 슬금슬금 도망치기 시작했다. 레퀴엠이란 공포를 데난은 죽음이란 공포로 억누른 것이다.

"후우. 역시 대공자님이셔……."

그 모습에 지휘관은 안도의 한숨을 쉬었다. 저 데난을 움직이는 이는 데루트 공작의 장자 벨데란 하이 사카인이었다. 어깨에 선명히 빛나고 있는 사카인 공작가의 문장이 그것을 증명하고 있었다.

우우웅.

기간테스들이 내뿜는 마나 엔진 기동음이 묵직하게 울렸다.

브루트가 격추되었으나 아직 자이안과 데세랄이 남아 있었다. 그리고 원글로스의 기간테스인 데난도 있었다.

아직 진 것이 아니다.

그들은 그렇게 믿고 각자의 무기를 힘주어 잡았다.

콰콰콰콰쾅쾅쾅!!

그때 땅을 뒤흔드는 폭음이 들렸다. 연이어 세 번이나 들렸다. 레퀴엠이 투창을 던진 것이다. 그 위력은 어마어마했다. 주요 건물이 박살이 나면서 돌가루가 허공에서 후두둑 떨어져 내렸다.

그리고 공포스러운 주홍빛 날개를 펼친 레퀴엠이 검을 치켜들고 떨어져 내렸다.

"막아라!"

필사적인 외침이 터져 나왔으나 속수무책이었다.

레퀴엠을 막아선 자이안과 데세랄은 가을바람 앞의 낙엽처럼 쓸려 나갔다. 그야말로 압도적인 차이였다. 하늘에서의 싸움과는 비교가 되지 않았다.

이카루스를 빛내며 땅과 공중을 번갈아 움직이는 레퀴엠을 도무지 막을 방법이 없었다.

스무 기의 기간테스가 전투 불능 상태에 빠지는 데 고작 15분이 걸렸을 뿐이다.

이건 방법이 없었다.

그렇게 이슈인은 적의 기간테스를 정리하면서 사카인 성의 중앙에 있는 영주성을 향해 한 발, 한 발 나아갔다.

오늘 이 내전을 끝낼 작정이었다.

쿠앙! 쾅! 콰쾅!

레퀴엠이 휘두르는 검에 사카인 성 곳곳이 파괴되었다. 카로니안의 브루트가 유니온을 초토화시킨 것처럼 레퀴엠도 사카인 성을 파괴하고 있었다.

방어 마법으로 보호되는 사카인 성이었으나 레퀴엠의 압도적인 위력 앞에 그 효과는 미미했다.

몇몇 데난이 레퀴엠의 앞을 가로막았으나 부질없는 몸부림이었을 뿐이다.

순식간에 전투 불능 상태에 빠져 침묵했다.

"어, 어떻게……."

이건 말이 나오지가 않았다. 허망한 얼굴로 수정구가 비추는 레퀴엠의 모습을 볼 뿐이다.

데루트 공작의 온몸이 부들부들 떨렸다. 어떻게 몰아붙였는데 이렇게 쉽게 무너진단 말인가. 승리가 눈앞에 있었건만.

"이것이 웡 기간테스, 아니, 레퀴엠이란 말인가……."

의자에 풀썩 주저앉은 그의 입에서 힘 빠진 목소리가 새어나왔다.

"공작! 공작! 이게 어찌 된 일인가!!!"

로칸드가 공포에 질린 얼굴로 데루트 공작의 팔을 붙잡고 흔들었다. 그는 어느새 눈물까지 흘리고 있었다.

'못났군…….'

그 모습을 보는 순간 문득 머리에 떠오른 생각이다.

'그래… 어쩌면 이리 못난 사람을 선택한 순간, 이미 결정된 것인지도 몰라…….'

데루트 공작이 생각하기에 가이나트 국왕은 그리 훌륭한 왕은 아니었다. 아니, 모자란 왕이었다. 하지만 자신들이 선택한 로칸드는 가이나트 국왕에게도 미치지 못할 정도로 모자랐다.

자신이 모든 것을 마음대로 하기 위해 선택한 패였지만, 썩 훌륭한 선택은 아니었던 것 같았다.

레퀴엠이 아니었더라도, 이런 자가 왕이 된다면 어찌 될까?

온갖 상념이 머리를 떠돌았다.

그렇게 데루트 공작이 아무런 반응 없이 멍하니 의자에 앉아 있자 모여 있던 귀족들이 그의 눈치를 보면서 슬금슬금 움직였다.

그 모든 것이 데루트 공작의 눈에 들어왔다. 하지만 굳이 그들을 막지 않았다.

이미 다 끝났다는 생각에서다.

데루트 공작이 그들을 막지 않자, 처음에는 눈치만 보던 자들이 천천히 움직이기 시작하더니 급기야 꼬리가 빠져라 달아나기 시작했다. 이곳에 있어봐야 죽음밖에 없다는 사실을 잘 알기 때문이다.

저들은 이제 어떻게든 타국으로 넘어가려 안간힘을 쓸 것이다.

'나는?'

그들의 모습을 보며 스스로에게 물어보았다.

"훗."

쓸모없는 헛웃음만 입술을 비집고 새어 나올 뿐이다.

스스로 최고의 위치에 오르기 위해 검을 뽑았고 그 검이 부러졌다. 그러면 최고를 노린 자다운 최후를 맞아야 했다. 저렇게 구차한 모습으로 국경을 넘고 싶지 않았다.

"공작 각하, 어서 몸을 피하십시오."

그때 그의 귀에 들려온 목소리가 있었다.

메칸토 백작이다.

자신의 충실한 오른팔로 참모이자 기사인 인물이다.

어느새 모두가 사라지고 오직 그만이 곁을 지키고 있었다. 로칸드 역시 언제 사라졌는지 보이지 않았다.

"후후. 그래 봐야 부질없는 짓이지."

"각하, 적은 고작 레퀴엠 한 기입니다. 설마 저들도 우리가 이리 허무하게 당할 것이라 생각지 못했을 겁니다. 그리고 주요 국경은 여전히 우리의 세력권 아래에 있습니다. 국경은 활짝 열려 있습니다. 지금이라면 무사히 탈출하실 수 있습니다."

그랬다.

적의 병력이라 해야 고작 레퀴엠 한 기다.

한 기!

그 한 기에 이리도 무참히 당하다니 절로 악다문 어금니에 힘이 들어갔다.

한 기의 기간테스로 거점을 초토화시킬 수는 있지만 주변을 틀어막지는 못한다. 주변을 틀어막으려면 뒤따라오는 후속 병력이 필요하다. 하지만 레퀴엠에게는 없었다.

홀로 날아와 이곳을 초토화시켰다.

보병들의 이동 속도를 생각한다면 국경이 닫힐 때까지 아직 최소 열흘은 남았다. 그 정도면 충분히 몸을 빼고도 남을 시간이었다.

하지만 그러기가 싫었다.

이미 데루트 공작은 자신의 야망을 질렀고 그것이 실패했다. 그런 구차한 모습으로는 더 이상 살기 싫었다.

공작다운 최후를 맞아야 했다.

"메칸토."

"네, 각하."

"그간 수고했네. 자네는 이만 자네의 길을 찾게나."

그렇게 말한 공작은 의자에서 몸을 일으켰다. 그리고 허리에 차고 있던 검을 뽑았다. 문관인 공작에게는 장식이나 다름없는 검이다. 화려한 보석들로 장식이 된 예식용 숏 소드.

그럼에도 날은 예리하게 서 있었다.

"가, 각하!"

데루트 공작의 행동에 메칸토 백작의 얼굴이 하얗게 질렸다. 공작이 무엇을 하려는지 깨달은 것이다.

"아직 기회는 있습니다!!!"

"아니, 없네."

데루트 공작은 단호하게 말하고 팔을 움직였다.

푸욱.

그의 검은 정확히 자신의 심장을 꿰뚫었다.

너무나 갑작스러운 행동이었기에 깜짝 놀라서 몸을 움직이지도 못했다. 메칸토 백작이 겨우 움직일 수 있었을 때는 이미 데루트 공작의 눈에서 초점이 사라지고 있었다.

"공작 각하!!!"

메칸토 백작의 입에서 절규가 터져 나왔다.

"메, 메칸토… 고, 고마……."

데루트 공작은 마지막 말을 채 끝내지 못하고 그렇게 눈을 감았다.

메칸토 백작의 눈에서 눈물이 하염없이 흘러내렸다. 주군을 지키지 못한 기사의 눈물이었다.

쿠쿠쿠쿵.

그때 건물이 크게 흔들렸다.

곳곳에서 균열이 일어나고 돌가루가 떨어져 내렸다.

쿠쿠쾅!

커다란 소리가 울리더니 한쪽 벽 전체가 무너져 내렸다. 그리고 모습을 드러낸 기간테스, 레퀴엠.

이슈인은 텅 빈 공간을 보고는 고개를 끄덕였다. 그사이 모두 도망친 것이다.

"하긴. 나 혼자 왔으니……."

후속 부대가 없는 기간테스 한 기로는 파괴는 할 수 있으되 점령은 하지 못한다. 이슈인은 그 사실을 잘 알고 있었다.

그의 눈에 두 사람이 들어왔다.

가슴에 검이 꽂힌 채 이미 숨을 거둔 사람과 그를 안고 눈물을 흘리고 있는 사람.

그의 두 눈은 분노로 불타오르고 있었다.

뜨거운 살기가 줄줄이 뿜어져 나오는 눈으로 그는 레퀴엠을 노려보고 있었다. 얼마나 지났을까.

레퀴엠을 노려보던 남자는 천천히 움직이기 시작했다. 그는 조심스레 시신을 한 곳으로 모셔두었다.

그리고 레퀴엠을 향해 외쳤다.

"레퀴엠의 라이더여! 그대도 기사라면 내려와서 나의 검을 받아라!"

그는 검을 뽑아 들었다. 한 치의 빈틈도 보이지 않는 자세다.

이슈인은 가만히 그를 바라보았다. 그야말로 완벽한 기사였다.

기사라는 말이 이슈인의 가슴을 울렸다.

위잉.

콕피트를 단단히 덮고 있는 해치가 움직이기 시작했다. 기사로서 상대하기로 결심을 한 것이다.

—마스터, 필요없는 행동입니다.

"알아."

해치가 완전히 개방되자 이슈인은 소울 슬롯에 꽂힌 아스카론을 잡아가며 대답했다.

—그러면 왜?

"기사니까."

작은 미소를 지으며 이슈인은 아스카론을 뽑아 들고는 훌쩍 아래로 뛰어내렸다.

"훌륭하군."

그 모습에 메칸토 백작은 진심을 담아 말했다.

"메틀라인 왕국군 소속 레퀴엠의 라이더 이슈인 바첼러 써드 룩입니다."

기사의 예로 검을 세우며 이슈인이 자신을 소개했다.

"데루트 공작의 검, 메칸토 로한 백작이네."

메칸토 백작도 기사의 예로 답했다. 그의 말에 이슈인의 시선이 한쪽에 고이 모셔져 있는 시신으로 향했다. 데루트 공작의 검이라고 했기 때문이다.

"그럼 저분이⋯⋯."

"그렇네. 데루트 공작이시네. 스스로 로마스에게로 가셨지."

로마스에게 갔을지, 하마스에게 갔을지는 알 수 없는 일이다.

"유감입니다."

메칸토 백작의 말에 이슈인은 살짝 고개를 숙여 조의를 표했다. 자신이 반드시 잡아야 할 적의 수장이라 하나 귀족이다. 귀족의 죽음에 조의를 표하는 것은 귀족으로서 당연한 예의였다.

"어쩔 수 없는 일이지. 그럼 이제 우리의 일을 볼까?"

메칸토 백작의 두 눈이 매섭게 빛나기 시작했다. 주군을 잃은 기사의 분노는 무섭다.

이슈인은 침착한 눈으로 메칸토 백작을 바라보며 아스카론을 상대를 향해 곧추세웠다. 그 순간 상대의 검이 쏜살같이 날아왔다.

챙!

첫 번째 참격은 아스카론에 막혔다. 검과 검이 부딪치는 소리만 공허하게 울렸다.

이 격돌로 이슈인의 얼굴이 딱딱하게 굳었다.

이미 쉽지 않은 상대라 예상은 했지만 손으로 전해지는 적의 실력이 보통이 아니었다. 속도도 위력도 무시무시했다.

'예전의 나라면 당했을 수도…….'

록힐 광산에서의 싱크로율을 올리기 위한 수련이 이슈인에게 많은 발전을 안겨주었다. 그때의 발전이 없었다면 어쩌면 오늘 이곳에서 메칸토 백작의 검에 쓰러졌을지도 모를 일이다.

'아니, 그랬다면 아예 레퀴엠에서 내리지도 않았어.'

이슈인은 록힐 광산에서의 수련을 떠올리며 아스카론을 움직이기 시작했다.

느릿느릿 움직이는 검의 모습에 메칸토 백작의 얼굴이 딱딱하게 굳었다. 느린 듯하지만 빠른 검. 그는 저 검의 움직임에 담긴 수준이 어느 정도인지 한눈에 알아볼 실력자인 것이다.

"타핫!"

힘찬 기합을 내지르며 메칸토 백작은 이슈인을 향해 뛰어들었다. 느린 검이 지나간 자리를 점한 그의 검이 이슈인의 허리를 노리고 쓸어 들어갔다. 그러나 어느새 이슈인의 검이 메칸토 백작의 검을 튕겨냈다. 그런가 싶더니 순식간에 목을 노리고 찔러 들어왔다.

"크윽."

메칸토 백작은 재빨리 몸을 뒤로 젖히며 옆으로 움직였다. 그사이 검이 이슈인의 무릎을 향해 떨어졌다. 방어와 공격을 동시에 하는 한 동작이었다.

이슈인은 인피니트 워크의 수법으로 적의 검을 피했다. 인피니트 소드와 한 쌍을 이루는 워킹 스텝은 그 효용이 무척이나 뛰어났다. 인피니트 소드와 어우러지니 일루젼 문 못지않은 수법이 되었다.

이것 역시 록힐 광산에서의 수련이 이슈인에게 가져다준 성과였다.

순식간에 허깨비처럼 사라지는 적의 모습에 메칸토 백작은 깜짝 놀랐다. 적은 자신 못지않은 강자였다.

"대단하군."

두 사람은 거리를 벌리고 잠시 숨을 골랐다.

"과찬입니다."

"아니, 라이더가 이 정도 수준의 검을 펼치리라고는 상상도 못했어. 라이더는 라이더이건만."

그때 이슈인의 눈에 메칸토 백작 주변의 마나의 움직임이 보였다.

거친 듯하지만 정제된 움직임을 보이는, 폭발적이지만 고요한 움직임이었다. 지금까지 단 한 번도 보지 못한 특이한 움직임이었다.

'대체……'

이슈인의 궁금함은 오래 가지 않았다.

메칸토 백작이 형상화하여 보여준 것이다.

검에서 솟아오르는 오러의 검.

오러 블레이드.

메칸토 백작, 그는 소드 마스터였다.

"어, 어떻게……."

이슈인의 목소리가 가늘게 떨렸다. 설마 소드 마스터를

실제로 만나게 될 것이라고는 생각지도 못했었다. 게다가 데루트 공작의 측근이 소드 마스터라고 누가 상상이나 했을까.

그 어떤 정보에도 그가 소드 마스터라는 내용은 없었다.

"원래, 자신의 전력의 삼 할 정도는 숨겨야 하는 거야. 그것이 비장의 한 수가 되는 법이지."

녹색으로 빛나는 오러 블레이드를 피워 올리며 메칸토 백작이 말했다.

'그렇군. 저것이 소드 마스터의 마나의 흐름.'

이슈인은 고개를 끄덕였다. 그리고 두 눈에 똑똑히 새겼다.

"대단하시군요. 보통은 삼 푼 정도를 숨기라고 하는데 말이죠."

삼 할은 삼 푼의 열 배다. 메칸토 백작은 그 정도로 자신을 숨기고 데루트 공작을 지킨 것이다.

"귀족들의 세상은 자네가 생각하는 것보다 훨씬 흉험하다네."

"그렇겠지요."

이슈인은 고개를 끄덕였다. 그리고 자신의 말을 이었다.

"그리고 전장 역시 훨씬 흉험하답니다."

그 말을 마침과 동시에 아스카론이 오러를 뱉어내기 시작했다.

푸른빛의 오러 블레이드가 찬연히 빛나고 있었다.

"허, 허허허."

그 모습을 본 메칸토는 아무런 말도 하지 못하고 헛웃음만을 흘렸다. 그 정도로 당황스러운 것이다.

제스터가 두 눈을 떴다.

"후우."

깊은숨을 토해냈다. 드디어 할 수 있을 것이란 생각이 들었다.

제스터는 천천히 몸을 일으켰다. 그 순간 참을 수 없는 허기가 온몸을 지배했다. 손을 올려 얼굴을 만져 보았다. 까칠까칠한 수염이 느껴졌다. 이 정도로 자라다니 제법 시간이 흐른 듯했다.

제스터가 방을 나오자 집사가 기다리고 있었다.

"얼마나 지났지?"

"사흘입니다."

집사의 대답에 제스터는 고개를 끄덕였다.

"일단 좀 씻어야겠어. 그동안 식사 좀 부탁하네."

"네."

가만히 앉아 있는 것만 같았는데 제스터는 땀에 흠뻑 젖어 있었다. 그리고 땀에서는 평소보다 훨씬 심한 악취가 났다.

따뜻한 물이 가득 찬 욕조에 온몸을 담그자 잊고 있던 피로가 한번에 밀려왔다. 눈이 스르르 감기는 것을 억지로 참고는 목욕을 마쳤다. 그리고 간단한 식사를 마치고 그때에야 비로소 침대에 몸을 뉘였다. 그간의 피곤이 덮쳐 왔다.

제스터는 순식간에 잠에 빠져들었다.

꼬박 하루를 잤다.

그리고 제스터는 다시 훈련장을 찾았다.

블러드의 마나 제어구를 움켜쥐었다. 평소와는 다른 느낌이다.

"좋았어."

느낌이 좋았다.

블러드가 힘차게 날아올랐다.

제스터가 다시 훈련을 시작했다는 말에 엥겔스가 허겁지겁 찾아왔다.

"어떤가?"

"아주 좋습니다."

연구원이 엥겔스의 물음에 답했다.

"출력은?"

"4.5입니다."

연구원의 대답에 엥겔스의 얼굴에 주름이 졌다. 제스터에게 말하지는 않았지만 그는 지금 블러드의 최대 출력을 내지 못하고 있었다.

분명 마나 코어의 최대 출력은 5.0이건만 4.5를 넘지 못하고 있었다. 제스터가 정복했다 생각하는 5.0의 출력은 사실은 4.5였던 것이다. 그 정도만 해도 충분히 위력적이었다.

그리고 제스터의 사기를 떨어뜨릴 것을 우려해 굳이 그에게 말하지는 않았지만 마법사로서 그 출력 차의 원인을 알 수가 없었기에 엥겔스는 답답했다.

"싱크로율은?"

"75%입니다."

"그건 놀랍군."

"네."

블러드를 움직이기 위한 최소 싱크로율은 70.5%다. 그리고 지금까지 제스터가 기록한 싱크로율은 73.5%가 최고였다. 그것만으로도 대단한 것이었는데 나흘을 쉬고 나타난 지금 75%를 기록하고 있는 것이다.

엥겔스는 유심히 블러드의 정보를 지켜보고 있었다.

"그럼 어디 시작해 볼까?"

어느 정도 기동을 마친 후 제스터가 중얼거렸다. 오랜만의 기동이었기에 우선 익숙해지기 위해 기본적인 기동을 했다. 이제는 자신이 그간 고민해 오던 것을 해결해야 했다.

양손에서 마나가 뿜어져 나가기 시작했다.

카로니안에게 들은 말을 떠올렸다.

'나와 기간테스는 하나다. 나는 기간테스의 마나의 중심이다.'

그런 생각으로 마나를 흘려보냈다.

마나가 자신의 의지에 따라 흘렀다. 그 길은 제스터가 몸으로 기억하고 있는 길이다. 자신의 피어스 브레이크가 터져 나올 때 흐르는 마나의 길.

"후흡."

제스터는 깊게 숨을 들이마셨다. 그리고 정신을 집중하며 블러드를 움직였다.

"시, 싱크로율이 상승하고 있습니다!"

그때 지상의 연구원들이 경악한 얼굴로 외쳤다.

"나도 보고 있어!"

어느새 싱크로율이 78%까지 올라가 있었다.

제스터는 그런 사실을 전혀 모르고 있었다.

"하앗. 블랙 아머!"

제스터는 전력을 다해 자신의 피어스 브레이크를 펼쳤다. 몸 안에서 마나가 거세게 몰아치며 한 곳으로 터져 나갔다.

그 움직임을 따라 손바닥에서 마나 제어구로 들어가던 마나가 함께 움직였다.

블러드의 마나 회로를 헤집으며 일정한 길을 만들어 그곳으로 엄청난 마나가 터져 나가기 시작했다.

이윽고 마나의 폭발이 절정에 이르렀을 때,

고오오오!

공기를 떨어 울리는 소리와 함께 검은색 반투명한 구체가 블러드의 거체를 완벽하게 감쌌다.

"8, 8, 82%입니다!!!"

그 순간 연구원 하나가 놀라서 외쳤다.

"나, 나도 보고 있어!"

엥겔스의 목소리도 격렬하게 떨렸다.

그때 제스터는 드디어 해냈다는 성취감의 희열에 온몸을 떨고 있었다.

"헉헉헉. 됐다."

제스터의 얼굴에는 함박웃음이 피어나고 있었다.

"이제 확실히 이길 수 있어. 이슈인, 기다려라."

온몸의 힘이 한 번에 쭉 빠져나갔지만 그 사실이 너무 기뻤다.

"하지만, 좀 더 다듬어야겠어. 이래서야 두 번만 사용하면 내가 탈진해서 쓰러질 것 같으니."

다섯 번까지 사용할 수 있었지만 기간테스로 펼치는 피어스 브레이크는 마나 소모량이 엄청났다. 지금 같아서는 두 번이 한계였다.

"괴물 같은 놈."

온몸으로 그것을 느끼고 나니 다시 한 번 이슈인의 실력이 얼마나 뛰어난지 알 수 있었다.

블랙 아머를 성공했을 때는 당장에라도 메틀라인으로 날아가고 싶었지만 지금 몸 상태를 봐서는 조금 더 다듬어야 할 것 같았다.

─오퍼레이터, 그대의 이름은 무엇인가?

그때 제스터의 머리에 낯선 목소리가 울렸다. 제스터가 깜짝 놀라 주변을 두리번거렸다.

"누구냐?"

하지만 아무도 없었다.

─그대의 이름은?

대신 같은 물음이 다시 한 번 머리를 울렸다.

"누구냐? 어디에 있는 거지?"

제스터는 당황해서 외쳤다. 갑자기 알 수 없는 목소리가 머리에 울린다면 누구라도 당황할 것이다.

목소리의 주인은 그것을 느꼈는지 자신의 존재를 알렸다.

─나는 그대가 타고 있는 타이탄의 마나 코어, 론이다.

말로 안 되는 말이 머리에 울렸다.

"마나 코어?"

―그렇다.

믿을 수가 없었다. 어떻게 갑자기 마나 코어가 말을 건단 말인가. 아니, 애초에 기간테스를 구동하기 위한 엔진의 역할을 하는 마나 코어가 자아를 가지고 있다는 것 자체가 말도 안 되는 일이었다.

"말도 안 돼."

―마나 코어가 각자의 자아를 가지고 있다는 것은 상식 중의 상식이 아닌가?

오히려 이상하다는 듯 론이라 자신을 소개한 마나 코어가 되물었다.

제스터는 혼란에 빠져들었다. 대체 이게 무슨 상황이란 말인가.

그때 불현듯 마나 코어가 마도 시대의 유물이라는 것에 생각이 미쳤다.

"마도 시대에는 마나 코어가 모두 자아를 가지고 있었다고?"

―마도 시대? 그대는 무슨 말을 하는가?

둘 사이에 존재하는 거대한 시간의 간극이 대화를 헛돌게 했다.

하지만 상황을 어느 정도 눈치챈 제스터의 질문과 설명에 그 간격은 차차 좁아졌다.

―그렇군. 난 그렇게 오랜 잠에 빠져 있었던 것이로군.

"론, 너는 어째서 이제야 내 앞에 나타난 것이지?"

제스터가 자신의 의문을 풀기 위해 질문을 던졌다. 자신이 블러드를 운용하고 제법 시간이 흘렀지만 이제야 자아가 깨어난 것이 의문이었던 것이다.

—마나 코어의 자아는 자격이 없는 사람에게는 깨어나지 않는다. 락(Lock)이 걸려 있지. 그리고 그 락을 여는 열쇠는 80%의 싱크로율이다.

"그럼 내가 싱크로율이 80%를 넘었단 말인가?"

—현재 82.3%다.

론의 대답에 제스터의 얼굴에 다시 한 번 희열이 가득 떠올랐다. 스스로의 발전이 기쁘지 않은 사람이 누가 있겠는가.

그때 아래에도 난리가 났다.

드디어 마나 코어가 제 출력을 발휘하기 시작한 것이다.

"추, 출력이 5.0이 나오고 있습니다. 그리고 조금 전 순간 최고 출력은 5.21까지 올라갔었습니다."

"노, 놀라워……."

이 알 수 없는 현상에 엥겔스는 두 발을 동동 굴렀다.

어서 제스터가 내려와서 자신의 의문을 풀어주기를 바라고 있었다.

그사이 제스터는 대화를 통해 론에 관해 많은 것을 파악했다. 마도 시대의 마법 공학이란 참으로 경악스러웠다.

왜 신의 분노를 샀는지 조금은 이해가 되기도 했다.

제스터는 곧 지상으로 내려왔다. 더 이상의 기동은 몸이 버티지 못한 탓이었다.

콕피트에서 내리자마자 엥겔스가 미친 듯이 달려왔다. 그리고 제스터를 흔들면서 수많은 질문을 쏟아냈다. 그 와중에 제스터는 새로운 사실을 알았다. 이제야 자신이 5.0의 출력을 냈다는 것을 말이다.

그날 제스터는 엥겔스에게 붙들려 수많은 대화를 나누었다.

론의 존재에 엥겔스는 기절할 듯 놀랐다.

그것은 박스터, 아니, 바스테리안 역시 몰랐던 사실이었다. 늦은 밤 엥겔스에게 보고를 받은 그 역시 깜짝 놀랐으니 말이다.

"마도 시대라… 정말 놀라워… 마나 코어의 자아라니… 그래서 우리에게 그런 사명이 내려졌던 것인가……."

그렇게 그날 밤은 깊어져 갔다.

*       *       *

지난 오 일 동안 케이프는 정말 바쁘게 움직였다.

귀족파의 귀족들과 그 후계자들을 찾아다녔다. 자신의 편으로 회유하기 위해서였다. 지금 이 나라에 희망은 없었다. 적어도 자신이 보기에는 그랬다.

벨런시아와의 전쟁에서 패배한다면 패배하는 대로, 승리한다면 승리하는 대로 그랬다.

전쟁은 국왕과 바첼러 백작가에 엄청난 힘을 실어주었다.

알게 모르게 귀족들의 세력은 점점 줄어들고 있고 이 상태로 계속해서 상황이 진행된다면 전쟁이 끝난 뒤가 걱정이었다. 귀족들 전부 그런 고민을 안고 있었다.

그것은 하이드론 공작 역시 마찬가지였다. 하지만 방법이 없었다. 귀족파의 수장이기 이전에 그는 메틀라인의 귀족이었다. 당연히 왕국의 승리라는 대의명분을 존중했기에 국왕과 바첼러 백작가의 세력 확장을 막지 못하고 있었다.

그들이 내놓은 안건들이 모두 전쟁의 승리와 직결되었기 때문이다.

하이드론 카인 라이오네.

그는 진정한 귀족이었다.

하지만 그의 그런 행동에 불만을 가지고 있는 이들이 적지 않았다. 그들은 왕국의 안위보다 자신들의 이익이 우선인 이들이었다. 귀족이되 귀족의 권리만을 알고 의무에 대한 자각이 부족한 이들.

그런 이들이 무척 많았다.

케이프가 파고든 이는 그런 이들이었다. 대쪽같은 이들이 있으면 그 후계자들을 포섭했다. 그야말로 눈코 뜰 새 없이 바쁜 며칠이었다.

워낙 바빴기에 자신의 행동이 아버지의 귀에 새어 들어가는 것도 아랑곳하지 않았다.

일주일에 한 번씩 있는 귀족파의 회동.

케이프는 공작가의 장자의 자격으로 회의에 참석했다.

정기적으로 가지는 회의였지만 별다른 내용이 오가지 않았다. 기간테스라는 전력에 있어서 국왕과 바첼러 백작가에게 밀린 이상 그들이 어찌할 방법이 없었던 것이다.

이렇게 된 것도 모두 개전 직전과 초기에 자신들의 악수로 인해 그런 것이지만 그들은 그저 국왕을 원망하기에 바빴다. 매주 있는 이 회의는 그야말로 엠피엘 국왕에 대한 불만을 성토하는 자리였다.

하이드론 공작은 그런 귀족들을 그저 말없이 바라볼 뿐이다. 그도 그 나름의 고민으로 머리가 복잡했기 때문이다. 덕분에 그는 오늘 회의 분위기가 평소와는 다름을 눈치채지 못했다.

'케이프 녀석, 대체 무슨 꿍꿍이속이지?'

바로 장남에 대한 고민이었다. 가뜩이나 차남인 칼버튼이 반 폐인이나 다름없는 모습으로 원글로스에서 돌아와 마음이 좋지 않았다. 마치 케이프의 의도대로 자신이 둘째를 그리 만든 것만 같은 죄책감을 느낀 것이다.

"점점 우리들의 입지가 좁아지고 있습니다. 이대로 흘러 전쟁에서 승리한다면 국왕에게, 패배한다면 벨런시아 공화국에게 치이는 일밖에 남지 않았습니다."

누군가가 목청을 높여 말했다.

국가의 승리를 패망과 동격으로 놓고 본다는 것 자체가 그가 이미 틀려먹었다는 것을 보여주고 있었다.

그 모습을 보며 하이드론 공작은 고개를 저었다.

그때, 케이프가 자리에서 일어났다.

"그렇습니다. 지금이야말로 획기적인 방법으로 우리의 세력을 찾아와야 합니다."

케이프의 말에 하이드론 공작의 눈썹이 꿈틀했다. 이제야 평소와 다른 무언가를 느낀 것이다.

"그게 무슨 말이냐."

하이드론 공작이 묵직하게 깔리는 목소리로 물었다. 그의 기세에 몇몇 귀족들은 움찔했다. 케이프 역시 등이 식은땀으로 축축이 젖어드는 것을 느낄 수 있었다. 하지만 물러설 수 없었다. 오늘이 역사를 새로 만드는 날 아니던가.

"말씀드린 그대로입니다. 획기적인 방법으로 우리의 세력을 찾아와야 합니다. 나라의 기본을 이루는 우리 귀족들이 이렇게 힘이 없어서야 이미 메틀라인은 제대로 된 국가라고 볼 수 없습니다!"

위험한 발언이다. 해석하기에 따라서는 당장 반역이라 해도 변명의 여지가 없었다.

"놈!"

하이드론 공작의 입에서 노성이 터져 나왔다. 하지만 케이프는 꿈쩍도 하지 않았다.

"이미 대세가 그렇습니다, 아버지. 대체 아버지께서는 이 자리에 모인 여러 귀족 분들의 불만을 어찌 해결해 주실 겁니까? 그 잘난 국왕은 우리를 억누를 생각만 하고 있지 우리의 권리를 보장해 줄 생각은 눈꼽만큼도 하지 않고 있습니다."

"분열은 곧 패망이다. 일단 벨런시아를 물리쳐야 한다. 그다음 일은 그때 생각해도 늦지 않다."

"아니, 늦습니다."

케이프가 단호한 얼굴로 선언하듯 말했다. 그 말에 대다수의 귀족들이 고개를 끄덕였다.

그 모습에 하이드론 공작은 입술을 깨물었다.

'이것이었던가⋯ 내 자식이건만 어찌 호랑이 새끼가 아니라 늑대 새끼란 말인가⋯⋯.'

"그렇다면 네놈은 어쩌겠다는 것이냐?"

자식을 노려보는 두 눈에서 살기가 넘실거렸다.

"우리는 우리대로의 살길을 찾아야겠지요."

케이프는 미소를 지었다. 아버지의 살기에 밀리지 않기 위한 억지웃음이었다.

"살길이라⋯⋯."

하이드론 공작은 의자의 팔걸이를 손가락으로 톡톡 두드렸다.

"결국은 데루트 공작과 같은 길을 가자는 말이더냐?"

직설적인 아버지의 물음에 케이프는 몸을 움찔 떨었다. 역시 아직 아비를 상대하기에는 한없이 모자랐다.

아들의 모습을 확인한 하이드론 공작은 회의장의 귀족들을 차례로 둘러보았다. 그의 시선이 닿을 때마다 다들 몸을 움찔 떨었다.

"후우. 이미 모두 한마음인 듯하군."

화살은 활을 떠나 버렸다.

자신이 너무 늦게 알았다.

"어리석은 사람들⋯⋯."

조금 전의 그 살기는 어디로 간 것일까? 하이드론 공작의 입에서 기운 빠진 목소리가 흘러나왔다. 그 목소리를 들은 순간 케이프는 오른 주먹을 꽉 쥐었다. 아버지가 포기했다는 것을 깨달은 것이다.

"허망하구나, 허망해. 내가 이리도 어리석은 이들을 위해 지난날을 살아왔단 말이던가."

그 말에 그 자리에 있는 귀족들은 고개를 숙였다.

"이미 나를 내칠 준비를 모두 하였겠지?"

하이드론 공작이 케이프를 보면서 물었다. 이렇게 귀족들의 뜻을 규합했다면 그 정도 준비는 기본이다. 아무리 늑대라 할지라도 맹수가 아니던가.

"부디 패륜을 저지르지 않게 해주십시오."

"후. 후훗. 푸하하하하하."

하이드론 공작의 입에서 작은 웃음이 터져 나오더니 곧 광소가 되었다.

"너희들로서는 계란으로 바위를 치는 일이란 것을 모르느냐? 박스터나 이안이 그리 만만하더냐."

"그건 해봐야 아는 일이지요. 지금처럼 말입니다."

케이프가 자신감 가득한 얼굴로 말했다. 그 모습에 하이드론 공작은 모든 것을 체념한 얼굴로 고개를 저었다.

"물론 이들만으로는 부족할지도 모릅니다. 하지만 제가 한 힘을 보탠다면 어떨까요?"

그때 회의실의 문이 열리면서 한 인물이 들어섰다.

"자, 자네는?"

하이드론 공작의 얼굴이 경악으로 가득 찼다. 그것은 다른 귀족들 역시 마찬가지였다. 오직 케이프만이 평온한 얼굴인 것이 그만이 그의 존재를 미리 알고 있었던 것 같았다.

국왕파의 핵심 인물 중 하나가 이 자리에 나타날 것이라고는 누구도 예상치 못했으리라.

"제가 이곳에 오면 안 됩니까?"

그는 당당한 미소를 지으며 하이드론 공작을 바라보았다.

"큭, 크큭. 큭큭큭. 그랬군, 그랬어. 이거 아주 감쪽같이 당했군. 이안 그 애송이는 알고 있는가? 자네를? 이거 박스터에게 제대로 한 방 먹었어."

웃음이 허탈했다.

"이안 차관이라면 아마 어느 정도 눈치를 채지 않았을까요? 그는 똑똑한 인물이니까요."

"그래서 이렇게 대놓고 움직이겠다는 건가?"

"이제 때가 되었으니까요."

"때라… 지금까지 숨죽이고 있던 꿍꿍이가 드디어 완성이 되었다는 말이겠지?"

"글쎄요……."

그는 모호한 웃음을 지으며 하이드론 공작을 바라보았다.

"후우. 자네가 이곳에 왔으니 난 꼼짝없이 내 저택에 갇혀 있어야겠군. 홀홀 털어버리고 국왕 전하에게 몸이나 의탁할까 했더니……."

"과연 공작님이십니다. 형세의 판단이 아주 뛰어나시군요."

그 말에 하이드론 공작은 씁쓸한 미소를 지으며 자리에서 일어났다. 어느새 나타난 기사 다섯 명이 그를 둘러쌌다.

이미 모든 것이 끝났음을 깨달은 하이드론 공작은 천천히 자신의 서재로 향했다.

어리석기 그지없는 자신의 아들을 애잔한 시선으로 바라본 후였다.

새로운 인물의 등장은 그들에게 충격을 주었고 희망을 주었다. 처음에 케이프의 말을 반신반의했던 이들까지 이제는 굳은 믿음을 보냈다.

"이것이 우리 공작가의 문장입니다. 공작가의 문장으로 지금부터 나 케이프 카인 라이오네가 라이오네 공작가의 가주인 케이프 공작이 되었음을 선포합니다."

짝짝짝짝.

사방에서 박수 소리가 터져 나왔다.

국왕의 허락이 없는 말도 안 되는 작위의 계승이었지만 이곳에 있는 이들 중 누구도 그것에 아랑곳하지 않았다. 어차피 국왕이란 이들에게 아무 상관이 없는 존재였다.

그렇게 메틀라인 왕국의 심장을 겨누는 날카로운 비수가 이곳에 생겨났다.

"고맙습니다."

"별말씀을."

"앞으로도 많은 도움 부탁드립니다."

"당연한 일이지요. 그리고 약조는 잊지 마십시오."

"그것 역시 당연한 일입니다."

케이프는 새로 나타난 이와 굳게 악수를 나눴다. 그는 조용히 몸을 돌려 돌아갔다. 너무 오랫동안 자리를 비울 수 없었기 때문이다.

\*　　　　\*　　　　\*

이슈인과 메칸토가 서로를 마주 보고 서 있었다.

각자의 검에는 각기 푸른빛과 녹색빛의 오러 블레이드가 빛나고 있었다.

"레퀴엠의 라이더가 소드 마스터라… 정말로 놀랄 일이로군."

"과찬이십니다."

두 사람은 짧은 대화를 나누며 한참 동안을 노려보았다. 소드 마스터끼리의 생사를 건 대결이다. 한 치 앞을 예상할 수 없는 상황이었다.

누구도 먼저 움직이지 않았다. 섣불리 허점을 보였다가 치명적인 일격을 허용할 수도 있었기 때문이다.

그렇게 몇 분을 바라만 보고 있었을까? 두 사람의 얼굴에 땀이 송골송골 맺혔다.

먼저 움직인 것은 이슈인이었다.

생사의 간극에 서 있었지만 이슈인은 일루젼 문과 인피니트 워크 두 가지 워킹 스텝을 믿었다.

유령과도 같은 움직임을 보이면서 이슈인은 메칸토를 향해 다가갔다. 검은 어느새 인피니트 소드의 검로대로 움직이고 있었다.

메칸토 백삭은 침착하게 이슈인의 공격을 막았다.

오러와 오러가 부딪쳐 사방으로 비산했다.

종으로 베는가 싶던 검은 어느새 아래에서 쓸어오고, 앞으로 다가들던 적은 어느새 뒤로 가 있다. 그야말로 눈으로는 쫓을 수 없는 빠른 공방이 이루어지고 있었다.

'강하다.'

메칸토 백작은 자신이 조금씩 밀리고 있음을 인정하지 않을 수 없었다. 어떻게든 전세를 바꿔야 했다.

'사용한다.'

메칸토 백작의 몸 안에서 마나가 거칠게 움직이기 시작했다. 피어스 브레이크를 사용하려 하는 것이다. 백작의 몸 주변의 마나가 요동을 쳤다. 그것이 이슈인의 두 눈에 고스란히 보였다.

'피어스 브레이크인가?'

그것은 이미 익숙한 움직임이었기에 상대의 한 수를 짐작하기에 어려움이 없었다.

이슈인 역시 플레임 블레이드를 펼치기 시작했다. 검의 움직임에 따라 불꽃이 일었다.

"크윽."

자신보다 상대가 먼저 피어스 브레이크를 사용하자 메칸토 백작은 신음을 흘렸다. 그러나 자신이 준비한 피어스 브레이크를 사용하는 데는 지장이 없었다.

백작의 검이 빛난다 싶은 순간, 사방에서 백 자루의 검이 나타나 이슈인을 향해 날아왔다.

"헌드레드 소드(Hundred Sword)!"

그냥 단순히 백 자루의 검이라면 문제 될 것이 아무것도 없었다. 하지만 이것은 하나하나가 오러를 머금은 검이었다.

플레임 블레이드의 불꽃이 오러의 검에 점점 사그라졌다.

"쳇."

이슈인의 움직임이 바빠졌다. 움직일 수 있는 범위를 모두 점하고 날아오는 검이었기에 일루전 문으로도, 인피니트 워크로도 피할 수가 없었다.

아스카론이 바쁘게 움직였다. 푸른 오러가 사방으로 퍼졌다.

"블리자드 블레이드!"

푸른 눈보라가 몰아치기 시작했다. 오러의 검은 눈보라에 의해 절반 정도가 사라졌다. 그 모습에 메칸토 백작은 경악했다. 상대가 설마 연속으로 전혀 다른 피어스 브레이크를 사용할 것이라고는 생각도 못했기 때문이었다.

그사이 나머지 오십 자루의 검이 거리를 점점 좁혀오고 있었다.

"대단하군."

아스카론이 다시 움직였다.

"라이트닝 블레이드!"

순간 푸른 번개가 번쩍였다. 이슈인의 정면으로 광포한 기운을 뿜으며 번개가 뻗어 나왔다.

"크윽."

갑작스러운 번개에 메칸토 백작은 재빨리 몸을 피했다. 소드 마스터의 속도는 일반인의 상상을 초월했다.

메칸토 백작이 피하면서 빈 공간으로 이슈인이 순식간에 뻗어 나왔다.

쾅! 콰쾅!

헌드레드 소드와 라이트닝 블레이드가 각각 바닥과 벽에 부딪치면서 폭음이 터져 나왔다. 실내에 자욱한 먼지가 일기 시작했다.

그때 이슈인이 메칸토 백작을 향해 달려들었다. 먼지는 두 사람의 움직임이 만드는 바람에 따라 미친 듯이 흩날렸다.

챙! 챙! 챙!

오러 블레이드가 부딪치는 소리가 사방으로 울렸다.

메칸토 백작의 얼굴이 점점 땀으로 젖어들었다. 조금 전의 피어스 브레이크가 상당한 부담을 준 듯했다. 오러를 머금은 백 자루의 검을 날린다는 것 자체가 얼마나 많은 마나를 소모하는지 알 수 없는 일이다.

메칸토 백작의 피어스 브레이크는 하루에 두 번 사용할 수 있었다. 단지 두 번째를 사용하면 온몸의 기운이 빠져나가 탈진해 버린다. 그야말로 생사의 순간이 아니면 두 번째는 사용할 수 없었다.

점점 승기가 이슈인을 향해 기울고 있었다.

"차핫! 헌드레드 소드!"

두 번째 피어스 브레이크가 터져 나왔다. 어차피 목숨을 건 대결이었다. 그는 자신이 소드 마스터가 되면서 진화한 자신의 피어스 브레이크를 믿었다.

처음에는 그저 마나로 이루어진 백 개의 검이었다. 하루에 다섯 번 정도 사용할 수 있는 나름대로 쓸모가 많은 기술이었다. 그것이 소드 마스터가 되면서 오러를 뿌리는 검 백 자루로 바뀌었다. 하루에 두 번밖에 사용할 수 없었지만 그것으로 충분했다.

그 어떤 적도 피어스 브레이크를 두 번 사용하게 하지 않았다. 때문에 아직까지도 그가 소드 마스터라는 소문이 나지 않았다. 그의 오러 블레이드를 본 사람은 모두 하마스에게로 갔으니까.

처음이었다. 적을 상대로 두 번째 피어스 브레이크를 사용하는 것은 말이다.

그런 만큼 전력을 다했다. 조금 전보다 오러에 실린 위력이 더욱 강렬했다.

"샤이닝 블레이드!"

인피니트 블레이드의 다섯 번째 수법이 펼쳐졌다. 이슈인이 진화하면서 샤이닝 블레이드 역시 진화했다.

사방으로 퍼져 나가는 광휘의 빛이 모든 것을 집어삼켰다. 그리고 빛에 삼켜진 것들은 속절없이 스러졌다.

오러의 검 백 자루는 그렇게 눈 녹듯이 서서히 소멸되어갔다.

"어, 어떻게……."

메칸토 백작은 믿을 수 없다는 눈으로 그 모습을 바라보았다.

도무지 믿을 수가 없었다.

자신이 전력을 다해 펼친 헌드레드 소드가 이토록 무참하게 사라져 간다는 사실도, 적이 무려 네 번째 피어스 브레이크를 사용했다는 것도 말이다.

그리고 가슴에서 느껴지는 격렬한 통증조차 믿을 수가 없었다.

언제 나타난 것일까?

이슈인의 검이 자신의 가슴을 꿰뚫고 있었다.

"강, 강하군……."

"당신이야말로 강했습니다."

이슈인이 진심이 담긴 목소리로 속삭였다.

"고, 고맙네."

그 말을 끝으로 메칸토 백작은 바닥에 풀썩 쓰러졌다.

광휘에 숨어 적의 숨통을 끊어버리는 검, 샤이닝 블레이드.

하지만 샤이닝 블레이드가 뿜어내는 빛에 이런 위력이 있었다는 사실을 이슈인은 오늘 처음 알았다. 이것도 모두 그가 인피니트 블레이드의 한 자락을 겪은 다음의 변화였다.

본인이 기억하지 못하기에 그 사실을 모를 뿐.

그렇게 데루트 공작의 반란은 끝이 났다.

이슈인과 레퀴엠이 단번에 끝내 버렸다.

이슈인이 복귀하여 보고하였을 때는 누구도 그 말을 믿지 않았다. 하지만 이슈인이 포털을 통해서 보낸 데루트 공작의 시신을 확인한 순간 그들은 그 말을 믿을 수밖에 없었다.

이후의 일은 일사천리였다.

수장을 잃은 반란군은 무력했다.

정확히 보름 만에 국왕군은 모든 영토를 회복했다. 단지 그 시간 동안 반란에 동참했던 귀족들이 국경을 넘어 타국으로 망명하는 것을 막지 못한 것이 아쉬울 뿐이었다.

그렇게 모든 일이 마무리되고 이슈인은 가이나트 국왕에게서 영토 양도 확인서를 받아 들고 본국으로 귀환했다.

그렇게 원글로스의 반란은 파국을 맞았다.

# CHAPTER 11
## 블러드 출현

"훌륭해!"

엠피엘 국왕은 흡족한 얼굴로 웃었다. 자신의 눈앞에 이슈인이 한쪽 무릎을 꿇고는 영토 양도 확인서를 받쳐 들고 있었다.

시간이 제법 걸렸지만 깔끔하게 원글로스의 내전을 정리하고 온 것이다.

이안의 주장을 들었을 때는 반신반의했지만 이런 결과를 놓고 보니 흡족하기 그지없었다. 그간 벨런시아와의 전선에도 별다른 변화가 없었다.

아니, 오히려 야금야금 메틀라인의 세력권을 넓혔다.

이제 그야말로 승부를 내야 할 때가 다가오는 듯했다.

"이슈인 경, 수고했네. 이렇게 큰 공을 세웠으니 당연히 후한 상을 내려야 할 텐데… 무엇이 좋을까……."

왕국의 영토를 넓혔다. 어찌 큰 공이 아니겠는가.

"송구스럽사옵니다."

이슈인은 고개를 숙이고 가만히 있었다. 이안은 그런 동생을 대견하다는 얼굴로 바라보고 있었다.

"흐음……."

엠피엘 국왕은 어떤 상을 내릴 것인지 한참을 고민했다.

"좋아."

이윽고 결정한 듯 고개를 끄덕였다.

"일단, 승진부터 해야겠지? 무사히 어려운 작전을 마치고 왔으니까 말이야. 이슈인 써드 룩, 자네를 프라임 룩으로 임명하네."

이계급 특진이었다. 그야말로 파격적인 승진이었다.

"그리고……."

아직 포상이 끝난 것이 아니었다.

"이슈인 바첼러 경은 차남으로 아직 작위가 없는 것으로 안다. 그대에게 자작의 작위를 내리노라."

엠피엘 국왕의 말이 끝나는 순간 사방에서 웅성거리는 소리가 퍼졌다. 백작의 차남에게 단번에 자작의 작위라니 너무 파격적이었다.

"전하, 너무 과한 처사입니다."

"그렇습니다. 이계급 특진만으로도 충분한 포상이옵니다."

사방에서 반대 의견이 나왔다.

"시끄럽소. 경들은 우리 왕국의 영토를 한 뼘이라도 늘렸소?"

국왕의 호통에 모두들 꿀 먹은 벙어리가 되었다. 메틀라인 왕국 건국 이후 확정된 국경선에서 영토가 늘기는 이번이 처음 있는 일임은 분명한 사실이었다.

그 말에 더 이상의 반대가 없었다.

아니, 정확히는 반대를 할 사람이 없었다.

하이드론 공작. 이번 일에 가장 거품 물고 반대할 사람이 회의에 불참했다. 국왕으로서는 가장 큰 반대자가 없어 편했지만 그래도 찜찜했다. 항상 자신의 의견에 반대하던 이였지만 그가 하는 반대는 나름 타당한 근거가 있었다.

덕분에 더욱 좋은 방향으로 계획을 짤 수 있었던 것도 사실이다. 그랬던 그가 별다른 기별도 없이 모습을 보이지 않으니 한편으로 걱정이 되기도 했다.

"그리고 영지는 전쟁이 끝난 후 적당한 곳을 하사토록 하겠다."

국왕의 명과 함께 작위 하사의 의식이 거행되었다.

"성은이 망극합니다, 전하. 필히 왕국 최고의 검이 되겠사

옵니다."

이슈인의 말에 엠피엘 국왕은 크게 기뻐했다.

그 후 왕국군의 움직임이 바빠졌다. 새로이 얻은 영토로 전열을 재정비해야 했다. 이제 벨런시아와 영토가 직접 맞닿게 되었다. 그리고 록힐 광산까지 직접적인 보급로를 확보했다.

엄청난 물량이 록힐 광산과 매트 성의 거점으로 수송되기 시작했다.

이제 벨런시아 공화국으로의 전격적인 진격 준비가 착착 진행되고 있었다. 지난 시간 동안 이미 이런 일을 예상하고 준비를 했기에 작전의 진행은 순조로웠다.

이슈인 역시 다시 최전방으로 배치되었다.

왕도에서 잠시의 짬도 허락되지 않았다. 덕분에 아르시안에게는 짧은 편지 하나를 남기는 것이 고작이었다.

'미안해……'

왕궁에서 레퀴엠으로 날아오르며 이슈인은 아르시안의 저택을 애잔한 눈으로 바라보았다.

그리고는 곧장 록힐 광산 방향을 향해 날아갔다.


\*　　　　\*　　　　\*


박스터는 자신의 눈앞에 서 있는 인물을 보면서 감탄했다.

그야말로 완전히 다른 사람으로 변모해 있었다. 이미 전에도 그 누구도 당할 수 없을 만큼 뛰어난 사람이었다. 그런데 지금 더 완벽해져 있었다.

"대단하군, 제스터 장군."

"과찬이십니다."

"그래, 이제 준비는 마쳤는가?"

"네."

짧은 대답이었지만 그 속에는 자신감이 가득했다.

"기대되는군."

박스터가 미소를 지으며 말했다.

"기대하셔도 좋습니다."

박스터는 의외라는 얼굴을 했다. 자신이 아는 제스터라는 인물은 저렇게까지 자신만만함을 드러내는 인물이 아니었던 것이다.

"좋아."

그것은 그것대로 좋았다. 레퀴엠에게서 당한 패배를 완전히 떨쳐 버린 듯했기 때문이다.

"부탁드릴 것이 있습니다."

"뭔가?"

"디스토션은 어떻게 되었습니까?"

"엥겔스가 하나 더 만들어놨다고 하더군. 지난번에 완파된 것과 동일하게. 혹시나 해서 말이야."

그 혹시라는 경우는 제스터 자신이 블러드를 완전히 제어하지 못할 때일 것이다. 그런 생각을 하며 슬쩍 웃었다.

"그것을 카로니안에게 주십시오."

"카로니안? 그 원글로스에 파견 갔다가 온 녀석 말인가?"

"네."

박스터의 물음에 제스터는 고개를 끄덕였다.

"그리고 보니 그 친구와 만난 후 두문불출했다더니 무슨 사연이 있는가?"

"그 녀석은 천재입니다. 진정한 천재 말입니다. 저와는 비교도 되지 않습니다."

제스터의 말에 박스터가 두 눈을 동그랗게 떴다. 그는 제스터가 누군가를 저렇게 칭찬하는 것을 처음 보았다.

"라이더의 재능으로 보았을 때, 레퀴엠의 라이더인 이슈인을 상대할 수 있는 사람은 그 녀석밖에 없습니다."

"대단하군. 자네가 그런 평가를 내리다니."

"그리고 만약의 경우 제가 어떻게 되었을 때는… 블러드를 그 녀석에게 주십시오. 문신 시술조차 받지 않은 녀석입니다만, 능히 블러드를 다룰 수 있을 것입니다."

제스터는 블러드로 피어스 브레이크를 사용하면서 깨달았다. 피어스 브레이크를 사용할 수 있으려면 얼마의 싱크로율이 필요한지 말이다. 카로니안은 이미 브루트로 피어스 브레이크를 사용했다. 그렇다면 그의 능력이 이미 자신을 앞선다는 뜻이었다.

"블러드를 부탁할 정도라… 그가 그렇게 뛰어난가?"

"네."

"흐음……."

제스터의 확고한 대답에 박스터는 고민에 잠겼다. 다른 것은 다 좋았으나 그의 출신이 걸렸다. 이미 지난번에 제스터와 만났다는 소리를 듣고 조사를 해둔 상태였다.

하필이면 메틀라인 출신이었다.

공화국의 이념대로 출신 성분은 크게 따지지 않는다. 그러나 현재 전쟁을 벌이고 있는 적국의 출신이라면 조금 찝찝한 것 역시 사실이다.

"그럼 저는 이만 가보겠습니다."

"그래. 내일 출격이니, 잘 부탁하네."

"염려 마십시오."

제스터가 나간 후 박스터는 엥겔스를 불렀다. 잠시 후 엥겔스가 들어왔다.

"어떤가, 메틀라인은?"

"케이프라는 애송이가 귀족파들을 완전히 장악했습니다."

"역시 애송이가 상대하기 편해."

박스터는 미소를 지었다.

"협상은 잘 마무리했나?"

"네. 메틀라인의 동쪽 반도를 주기로 했습니다."

대륙의 지도상 메틀라인과 벨런시아 공화국은 각각 두 개의 반도로 이루어져 있었다. 메틀라인의 경우 왕도인 레오네인이 서쪽 반도에 있었고 크기도 좀 더 넓었다. 동쪽 반도의 끝이 바로 바첼러 백작령이었다.

"좋아. 잠시지만 애송이가 마음껏 즐기게 두자구."

박스터가 미소를 지었다.

"결행일이 내일이야."

"네."

"다시 한 번 확인하고 잘 당부해 둬. 동서에서 동시에 흔들어야 해. 원글로스에게 적당히 땅 받고 지금쯤 기고만장해 있을 거야. 이럴 때 나락으로 떨어뜨려 줘야지. 후후."

"알겠습니다."

박스터의 웃음소리를 들으며 엥겔스는 조용히 그의 집무실에서 나왔다.


어느새 계절은 4월의 끝자락으로 향해 가고 있었다.

봄의 기운이 완연해 따뜻함 속에 조금씩의 더위가 섞여오고 있을 무렵이다.

2058년 4월 25일.

이안으로서는 절대로 잊을 수 없는 그 치욕의 날이 점차 밝아오고 있었다.

케이프는 휘하의 귀족들을 불러모았다. 왕국군의 것에 비하면 구형이긴 하나 기간테스도 박박 긁어모았다. 아직 80여 기의 기간테스가 남아 있었다.

그들은 이른 새벽녘, 조용히 왕도의 라이오네 공작가의 저택에 모였다. 신호가 오면 일거에 들이친 후 신속히 빠져야 했다.

서서히 동녘 하늘이 밝아오고 있었다.

그 모습을 보며 제스터는 마나 제어구에 마나를 불어넣기 시작했다.

핏빛의 붉은 외장갑을 한 블러드가 붉은 이카루스를 펼치며 천천히 날아오르는 모습은 섬뜩하게 보였다.

"후후. 이슈인, 원글로스에서 좋은 것을 가르쳐 줬어."

제스터는 미소 지었다. 그의 지휘하에 서른 기의 브루트가 함께 날아올랐다. 현재 대륙의 방어 체계가 윙 기간테스에게 얼마나 약한지 원글로스의 내전에서 카로니안과 이슈인이 너무나 적나라하게 보여주었다.

그렇다면 눈치 볼 것 없었다.

그들은 아래쪽으로 빙 돌아서 레오네인을 직접 타격할 것이다.

리퍼블릭에서 레오네인까지는 상당히 멀었다. 그것도 록힐 광산을 피해서 빙 돌아가야 했기에 더욱 멀었다.

그들이 레오네인 근처에 도착한 것은 정오가 다 되어갈 무렵이었다. 그사이 마나석의 보급을 두 번이나 했다.

레오네인 근처에 이르자 제스터는 부하들을 조심스레 불러 모았다.

"모두 이리로. 레오네인에는 최대한 조심해서 접근한다. 정보에 의하면 레오네인의 동서남북 네 곳에 각기 한 문씩의 마나 캐논이 설치되어 있다. 대륙에서 유일한 기간테스 대응 무기야."

제스터의 말에 모두 긴장한 얼굴로 이야기에 집중했다.

"마나 캐논의 위력은 지난번에 놈들의 함대가 리퍼블릭을 타격했을 때 겪어봤을 거다."

침묵이 감돌았다.

"들어온 정보에 의하면 방향 전환이 자유로워서 상당히 난감할 거다. 그것을 메틀라인 측에서 처리해 줄 것이다."

"네?"

알 수 없는 말이었다.

메틀라인에서 자신들을 지킬 병기를 오히려 처리한다니 대체 무슨 말인가.

제스터도 어제 박스터에게서 오늘 작전에 대해 들으며 깜짝 놀랐었다. 설마 메틀라인에도 원글로스와 같은 작업을 해놓았을 줄은 상상도 못한 것이다.

제스터는 품에서 시계를 꺼내보았다.

11시 12분.

약속된 시간은 11시 25분이었다. 아직 13분 정도 남았다.

"11시 25분에 총공격이다. 그때까지는 전원 콕피트에서 휴식."

제스터의 명령에 다들 자신의 기간테스의 콕피트에 올랐다. 마나 엔진은 예비 기동의 낮은 울림을 사방으로 보내고 있었다.


푸른 날개를 펼친 랩터2가 상공을 날고 있었다.

이레아가 보내준 설계도에 따라 만들어진 중기형 이카루스였다. 이슈인이 돌아온 후 공화국에서 어떤 움직임을 보일 것이란 생각에 이안이 비행 정찰을 강화했다.

그사이 메틀라인에도 윙 기간테스 라이더가 더 늘어 현재 이슈인을 제외하고 열다섯을 보유하고 있다.

그중 일곱이 록힐 광산에 가 있고 나머지 여덟이 레오네인에 있는데, 네 기의 랩터2 윙이 정찰에 나선 것이다. 이안은 그 정도로 공화국을 경계하고 있었다. 이슈인이 원글로스에서 보여준 모습에서 어쩌면 적들이 신형 브루트를 앞세워 레오네인으로 직접 치고 들어올지도 모른다고 생각한 것이다.

"역시. 똑똑하단 말이야."

하늘을 올려다보며 제스터가 중얼거렸다. 자신들은 현재 지형지물에 은폐하고 있어 아직 발견되지 않았다. 하지만 발견되는 것도 시간문제다. 무엇보다 블러드의 이 붉은 외장갑은 너무 강렬했다.

[대장, 어떻게 하지요?]

[적정 거리에 들어오면 먼저 친다.]

제스터의 명령에 라이더들은 최대한 준비했다. 비록 한 기라 하나 얼마나 빠르게 처리하느냐에 따라 이번 작전의 성패가 결정된다.

랩터2 윙이 자신들을 식별할 수 있는 거리에 들어오기 직전,

[친다!]

제스터의 명령과 함께 스물한 기의 기간테스가 날아올랐다.

"응? 뭐야!"

랩터2 윙의 라이더 노마란은 깜짝 놀랐다. 갑자기 지상에서 공화국의 것으로 보이는 윙 기간테스 스물한 기가 날아올랐기 때문이다.

"빌어먹을 놈들. 잘도 여기까지."

노마란은 즉각 비행을 멈췄다. 그리고 즉시 후퇴했다.

21대 1다. 승산이 있을 리가 없었다. 다행이라면 자신에게 지급된 것이 최신형 블루 이카루스를 탑재한 기종이라는 것이다. 레퀴엠을 제외하면 아직 대륙에는 이보다 빠른 윙 기간테스는 없다고 했다.

[적 출현. 적 출현. 모두 스물한 기의 윙 기간테스가 레오네인 동남쪽에서 나타남. 비상. 비상. 스무 기의 브루트와 정체불명의 기간테스 한 기!]

노마란은 후퇴하는 즉시 레오네인에 비상 통신을 날렸다. 적이 나타났음을 알려야 했다.

"쳇. 빠르군."

제스터는 상대의 속도에 깜짝 놀랐다. 이카루스의 빛깔이 다른 것을 그냥 빛깔만 다르다 생각했다. 그런데 속도에서 이렇게 차이가 날 줄이야.

너무 자신만만했다.

공중전에 있어서는 라이더와 기간테스의 능력도 중요하지만 비행 장치인 윙의 성능이 아주 큰 부분을 차지한다는 것을 잠시 간과했다.

"어쩔 수 없군."

만약을 대비해서 사용하지 않으려 했지만 어쩔 수 없었다. 이미 자신들의 존재는 적들에게 알려졌겠지만 홀로 있을 때 적의 전력을 하나라도 줄여놔야 했다.

"론, 간다."

―알았다.

제스터는 숨을 크게 들이쉬고는 마나를 불어넣었다. 붉은 빛의 이카루스가 점점 커졌다. 브루트에서는 불가능한 현상이다. 마나 코어의 출력 일부를 이카루스에 불어넣은 것이다.

블러드의 속도가 점점 빨라졌다. 랩터2 윙과의 거리가 조금씩 좁혀지고 있었다.

"어, 어떻게?"

힐끗 뒤를 돌아본 노마란은 깜짝 놀랐다. 분명 레퀴엠을 제외하고는 제일 빠르다고 했거늘.

[정체불명의 기간테스는 비행 속력이 무척 빠르다. 블루 이카루스가 따라 잡힐 정도다. 조심하라!]

노마란은 이것이 자신의 마지막 통신이 될 것을 직감했다. 뒤를 잡힌다면 자신 혼자서는 절대 저들에게서 살아남을 수 없었다.

쾅!

그때 어느새 상대가 날린 투창이 등에 꽂혔다.

"빌어먹을. 재수도 없지……."

노마란이 그렇게 중얼거릴 때.

투창에 인챈트된 익스플로젼 마법이 발동했다.

콰콰콰콰쾅!

강렬한 폭음과 함께 랩터2 윙은 산산조각이 나 푸른 하늘로 비산했다.

[지금부터 전력으로 레오네인을 친다. 예정 시간보다 이르지만 이미 발각된 이상 적들에게 준비할 시간을 줘서는 안 된다.]

스물한 기의 기간테스는 일정한 대형을 이루고 레오네인을 향해 곧장 날았다.


\*          \*          \*

"뭐라고?"

노마란의 통신에 레오네인에 비상이 걸렸다. 이안이 분주하게 명령을 하며 움직였다.

"마나 캐논은?"

"모두 엔진 예열 완료되었습니다. 언제든 발사 가능합니다."

"동남쪽에서 온다고 했다. 동쪽과 남쪽의 마나 캐논은 미리 조준을 맞춰놔. 놈들이 나타났을 때 조금만 조정하면 되도록!"

"네!"

"그리고 랩터2 윙은?"

"현재 세 기가 남아 있고 세 기는 정찰 중입니다."

"전부 복귀시켜서 준비하라고 해. 그리고 근위기사단에 연락해서 국왕 전하 피신시키고!"

이안은 정신없이 명령을 내렸다.

그도 직감하고 있었다. 이번의 습격이 어쩌면 대위기가 될 것이라고 말이다. 하지만 마나 캐논에 대한 강한 믿음이 가슴 한쪽에 있었다.

"전하는 어디로 모십니까?"

왕궁의 비상용 지하 밀실 정도이면 될 것이다.

이안이 그렇게 생각하는 순간 불현듯 지난번에 동생이 지나가듯 한 말이 떠올랐다.


"몰라. 이레아 요즘에 정신이 없어. 가끔 중얼거리던데? 바첼러 성이 대륙에서 가장 안전한 곳이 될 거라고."


이올린과 단순한 안부를 나누는 통신을 할 때 들은 말이다. 왜 그 말이 지금 떠올랐을까?

이안은 자신의 예감을 믿기로 했다.

"바첼러 영지로 모셔. 왕비님과 왕자님 모두!"

"네!"

전령 한 명이 근위기사단으로 달려갔다.

레오네인 곳곳에서 기간테스들이 기동을 시작했다.

"동쪽 마나 캐논에서 통신입니다. 먼 상공에서 붉은빛을 감지했다고 합니다."

"쏘라고 해! 붉은빛이면 공화국의 이카루스야!"

"네!"

'젠장. 벌써 보일 정도면… 노마란은 당했단 말인가? 공화국의 이카루스로는 블루 이카루스를 따라잡을 수가 없을 텐데… 어떻게… 그 친구가 무모하게 전투를 치를 사람도 아니고…….'

이안이 입술을 깨물며 고민에 잠겼을 때 전령 하나가 뛰어 들어 왔다.

"노마란 프라임 나이트로부터의 통신입니다."

이안은 통신 내용이 적힌 종이를 빼앗듯이 낚아챘다.

"젠장."

정체불명의 기간테스라니.

브루트가 전부가 아니었단 말인가.

'미스트의 정보에 이런 내용은 없었다… 이미 발각된 건가, 우리가 찾아낸 것처럼?'

이안의 얼굴이 보기 흉하게 일그러졌다. 정체불명의 기간테스가 출현했다는 말이 빠져 있는 퍼즐 조각이 되었다. 이안의 머리 한구석에 있던 알 수 없는 불안이 실체를 찾아 착착 맞아 들어가기 시작했다.

"라파엘 후작 체포해!"

"네?"

갑작스러운 명령에 사람들은 깜짝 놀랐다.

왕국의 재정을 책임지고 있는 라파엘 후작을 이 비상시에 체포하라니 그 무슨 말인가.

"어서! 놓치면 안 된다! 공화국의 첩자란 말이다!"

이안의 목소리가 점점 커지고 있었다.

"아, 알겠습니다."

"어떻게 나올지 모르니까 근위기사단에 연락해서 지원받아."

"네!"

"그리고 록힐 광산에 연락해서 레퀴엠을 즉시 포털로 불러들여!"

정체불명의 기간테스라고 했다. 분명 레퀴엠을 상대하기 위해 만들어졌을 터. 미스트가 알아차리지 못할 정도로 극비리에 진행되었으면 그것밖에는 없었다.

그렇다면 만약의 경우 레오네인에 있는 기간테스로는 막을 수가 없었다.

판단을 내린 이안은 즉각 이슈인을 불러들였다.

*            *            *

레오네인이 바쁘게 돌아가는 것은 쉬이 알 수 있었다.

여기저기서 들려오는 기간테스의 마나 엔진 기동음은 사람들을 불안하게 만들었다. 그 모습에 케이프가 곤혹스러운 얼굴로 중얼거렸다.

"이제 곧인데……."

케이프가 시각을 확인하며 중얼거렸다.

"아니오. 지금 당장입니다."

그때 라파엘 후작이 들어서면서 말했다.

"응? 당신 이렇게 와도 괜찮은가?"

케이프가 갑작스런 그의 등장에 물었다.

"이안 자작이라면 이미 저에 대한 체포령을 내렸을 겁니다. 그는 똑똑하거든요."

라파엘 후작의 말이 묘하게 거슬렸다.

칼버튼이 이슈인과 비교를 당했다면 자신은 늘 이안과 비교를 당했다. 라이오네 공작가의 아들들은 바첼러 백작가의 아들들에게 묘한 열등감을 가지고 있었다.

"왜 그렇지?"

"이안 자작이 윙 기간테스들을 정찰을 내보낸 모양입니다. 그중 한 기가 공화국군을 발견했고요. 그래서 예정보다 빨리 작전을 진행시키게 되었습니다."

"쳇. 알았어."

귀족파의 귀족들의 움직임이 분주해지기 시작했다.

＊　　　　＊　　　　＊

"뭐야, 레오네인이?"

이슈인이 자신에게 날아든 급보에 깜짝 놀랐다.

그리고 곧장 포털로 향했다. 정체불명의 기간테스가 있다고 했다.

"제스터……."

그런 강렬한 예감이 들었다. 그러면 절대 그렇게 쉬이 물러나지 않을 것을 알기 때문이다.

쿠아앙!

거대한 발사음과 함께 마나 캐논이 마나를 뿜었다. 마나는
곧장 하늘로 날아갔다. 목표는 멀리 보이는 붉은 점.

고정식으로 만들면서 출력이 보강되었기에 사거리는 훨씬
길어졌다.

제스터는 아래에서 날아오는 빛을 보았다.

"이게 마나 캐논이란 말이지?"

―강렬한 에너지체다.

"막을 수 있을까?"

―피어스 브레이크라는 것을 사용하면 가능하다.

론의 대답에 제스터는 호승심이 일었다. 하루에 네 번까지
사용할 수 있게 되었다.

"좋아."

제스터는 곧장 마나를 향해 날아갔다.

[대장!]

뒤따르던 대원들은 깜짝 놀라서 외쳤다.

[너희는 재주껏 피해라. 곧 포격이 연속적으로 날아올 거
다.]

부하들에게 경고를 한 제스터는 마나를 끌어올렸다.

그리고 마나 캐논의 마나가 지척에 이르렀을 때,

"블랙 아머!"

검을 뽑아 든 제스터의 외침과 함께 블러드는 검은 구체에 둘러싸였다.

콰콰콰쾅!!!

구체가 완벽히 감싸는 순간 마나 캐논과 격돌했다.

공중에서 강렬한 섬광과 함께 엄청난 폭음이 울렸다.

"대장……."

그 모습에 브루트의 라이더들은 망연자실한 표정을 지었다.

그러나.

섬광이 사라지고 드러난 모습은.

블러드였다.

너무나 멀쩡하게 공중에 떠 있었다.

"크윽. 그래도 충격이 상당한걸?"

―블러드의 손상은 0이다.

론의 무뚝뚝한 음성에 제스터는 피식 웃었다.

"좋아. 그럼 계속 가볼까?"

다시 날아가려 할 때 아래에서 수많은 빛무리가 날아들었다.

개량된 마나 캐논이 포탄 형태의 마나를 연속적으로 쏘아 보내고 있는 것이다.

[다들 재주껏 잘 피해서 레오네인에서 만나자구!]

'쳇. 정찰에 발각되는 바람에 힘들어졌어. 안에서는 아직인가?'

여유롭게 말했지만 제스터의 가슴 한켠에 불안감이 자리했다.

*　　　*　　　*

"뭐? 명중했는데 멀쩡해?"

불안은 현실이 되었다. 마나 캐논을 견뎌내는 기간테스라니. 이안은 제스터의 피어스 브레이크에 대해 몰랐기에 그 놀람은 더욱 컸다.

"이슈인은 아직인가?"

"곧 포털을 탄다고 합니다."

"젠장. 국왕 전하 대피는?"

"완료했습니다."

부하의 대답에 문득 머리에 스치는 생각이 있었다.

"벨런시아 공주는?"

"네?"

부하의 반문에 이안의 표정이 다시 일그러졌다.

"그녀도 바첼러 영지로 대피시켜!"

"알겠습니다."

국방부는 현재 정신없이 돌아가고 있었다.

"크, 큰일입니다!!!"

그때 한 명이 헐레벌떡 뛰어들어 오면서 다급하게 외쳤다.

"뭐야?"

이안의 얼굴에는 짜증이 가득했다.

"케, 케이프 자작이… 기간테스를 이끌고 마나 캐논으로 향했습니다?"

"뭐? 그게 무슨 말이야?"

"그, 그게. 귀족들이 성 밖에서 적들을 막겠다고 해서 내보내 줬는데, 그들이 곧장 마나 캐논으로 향하고 있다고 합니다. 동쪽으로 향하고 있는데 기간테스가 80기 정도랍니다."

"어떻게 된 거야?"

이안의 얼굴이 험악해졌다. 만약 그들이 적과 내통한 것이라면 상황은 심각해진다.

마나 캐논이 무너진다면 레오네인도 위험해진다.

"라파엘 후작이 그들과 함께 있다고 합니다."

"빌어먹을!!!!"

그 말이 들리는 순간 이안은 책상을 세차게 내려쳤다.

어쩐지 최근 하이드론 공작이 보이지 않고 케이프가 활개를 치고 다닌다고 생각을 했었다.

그런데 이런 일이라니.

"미친 새끼……"

이안의 입에서 거침없이 욕설이 튀어나왔다.

"막을 수 없다지?"

"방어를 위해 상주하는 기간테스는 랩터2 세 기와 바일론 세 기입니다. 마나 캐논으로 직접 포격하기에는 레오네인까지 유효 사거리에 들어가서……."

"북쪽의 마나 캐논으로는?"

"가능하기는 하나 포격 가능 범위가 아주 제한적입니다."

"그 방법이라도 시도하라고 해."

"네."

부하가 다시 헐레벌떡 뛰어나갔다.

"후우. 이 타이밍에 반란까지 일어난다라… 박스터, 당신 회심의 한 수를 펼쳤어……."

이안의 얼굴이 점점 더 어두워졌다.

『7권으로 이어집니다』

# 가면의 레온

## the Mask of Leon

눈매 퓨전 판타지 소설

**중원을 공포로 떨게 만든 희대의 악마, 혈마존.
그의 영혼이 기억을 잃은 채 차원 이동을 한다.**

한 소년과 몸이 바뀐 후 깨어난 혈마존.
기억은 지워지고 싸가지없는 본성만 남았다!
욱할 때마다 튀어나오는 살벌한 말투와 그의 독자 무공.

'아, 나는 왜 이렇게 성격이 더러운가?
어째서 이리도 잔인한 기술을 알고 있는 것인가? 착하게 살고 싶다.'

살인광이었던 그가 전혀 어울리지 않는 대신관이 되기로 결심한다.
하지만 그 본성이 어디 가나…….

"이런 빌어 처먹을 놈들, 신전에서 봉사 활동 안 할래?"

유행이 아닌 자유추구 -
WWW.chungeoram.com
Book Publishing CHUNGEORAM

임준욱 장편 소설

# 무적자

## WITHOUT MERCY

그의 이름은 임화평(林和平)이다.
이름처럼 살기를 소망했고 그렇게 살아왔다.
그를 건드리지 말았어야 했다.
조용히 살게 놔두었어야 했다.

"너희들 실수한 거야.
내 세상의 중심,
내 평안의 그것을 깨뜨린 거다.
세상 전부와도 바꿀 수 없는……
알게 해주마, 너희들이 누구를 건드린 건지."

그의 고독한 여정이 시작되었다.

—오, 바라타족의 아들이여, 언제든지 정의가 무너지고 정의가 아닌 것이
판을 치는 때가 되면 나는 곧 나 자신을 나타내느니라.
올바른 자를 보호하기 위하여, 악한 자를 멸하기 위하여, 그리하여 정의를
다시 세우기 위하여, 나는 시대에서 시대로 태어난다.

〈바가바드기타 중에서〉

유행이 아닌 자유추구 -
WWW.chungeoram.com
Book Publishing CHUNGEORAM

# 팔선문
八門仙

정봉준 新무협 판타지 소설

『철산전기』의 작가 정봉준!!!
팔선문을 통해 또 다른 유쾌함을 선사한다!!

뛰어난 자질을 갖춘 팔선문의 대제자 유검호,
그의 치명적인 단점은 게으름과 의지박약!

천하제일마두의 기행에 재수없이 동참하게 된 의지박약아.
갖은 고생 끝에 가까스로 고향으로 돌아오다.

"무림? 그딴 건 개나 주라 그래. 나만 안 건드리면 돼!"

시간을 가르는 그의 행보에 무림이 뒤집어진다!!!

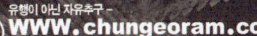
유행이 아닌 자유추구 -
WWW.chungeoram.com
Book Publishing CHUNGEORAM

# War Mage

## 워메이지

### 김재한 퓨전 판타지 소설

사람들이 인식하는 상식의 세계 이면,
짙은 어둠이 드리워진 그곳에 사는 괴물들이 있다.

문명이 드리운 그림자 속에서, 전투기계들과
인간의 사념으로부터 태어난 마물들이 격돌한다.
마법과 주술이 난무하는 초현실적인 전장,
소년은 그곳에 서는 대가로 인생을 잃었다.
운명의 노예가 되어 가족과 인성을 잃어버린 소년, 진유현.

총염(銃炎)과 검광(劍光)이 뒤얽히는
어둠의 거리에서, 운명의 족쇄를 끊고 나온
소년의 눈이 살의를 발한다.

유행이 아닌 자유추구 -
WWW.chungeoram.com

Book Publishing CHUNGEORAM